BASTEI LÜBBE

BASTEI LÜBBE JACK VANCE IM TASCHENBUCH-PROGRAMM:

23 209 Der blaue Planet
23 212 Drachenbrut
23 219 Durdane
23 224 Planet der Abenteuer
23 237 Der galaktische Spürhund
23 244 Kriegssprachen
23 250 Freibeuter des Alls
24 282 Emphyrio
24 308 Das Weltraummonopol

JACK VANCE

DAS WELTRAUM MONOPOL

Roman

Ins Deutsche übertragen
von Edda Petri

Mit Zeichnungen
von Johann Peterka

BASTEI LÜBBE

BASTEI LÜBBE TASCHENBUCH
Band 24 308

1. Auflage: November 2002

Vollständige Taschenbuchausgabe

Bastei Lübbe Taschenbücher
ist ein Imprint der
Verlagsgruppe Lübbe

Deutsche Erstveröffentlichung
Titel der amerikanischen Originalausgabe:
The Five Gold Bands

Lektorat: Angela Konen / Stefan Bauer
Titelillustration: ARENA / Agentur Schlück, Garbsen
Innenillustrationen: Johann Peterka
Umschlaggestaltung: QuadroGrafik, Bensberg
Satz: QuadroMedienService, Bensberg
Druck und Verarbeitung:
Brodard & Taupin, La Flèche, Frankreich
Printed in France

ISBN 3-404-24308-0

1

Der Tunnel verlief durch Schichten von rotem und grauem Sandstein, die durch Quarz fest verbunden waren – ein mühsames Graben, selbst mit dem Patent-Grab-Kompaktor. Zweimal war Paddy Blackthorn in alten Brunnenschächten eingebrochen, einmal auf einen vergessenen Friedhof gestoßen. Archäologen hätten sich vor Entsetzen die Fingernägel abgebissen, hätten sie gesehen, wie Paddy mit seinem schweren Gerät die uralten Gebeine zertrümmerte und beiseite schob. Fast dreihundert Meter Tunnel und die letzten zwei Meter waren die schlimmsten: Federleichte Explosivstoffe, dazwischen Lagen aus Stahl, Kupfer, Durolit, Beton und filmdünne Wachschaltkreise.

Paddy schob sich vorsichtig zwischen den Nischen mit explosivem Material hindurch, schmolz Stahl, verätzte den Beton mit Säure immer auf der Hut, die Alarmanlagen nicht auszulösen. Endlich durchbrach er die letzte harte Schicht und schob sich durch das Mischmaterial des Bodens.

Er zog sich an den geheimsten Ort des bekannten Universums hinauf und ließ den Strahl der Taschenlampe umhergleiten.

Trostlose Betonwände, dunkler Boden – doch dann erfasste der Lichtstrahl glänzende Reihen von Metallröhren. »Also, sieht das nicht einfach atemberaubend aus«, murmelte Paddy entzückt.

Er bewegte sich vorwärts. Jetzt fiel das Licht

auf einen kubischen Rahmen, der eine komplizierte Anlage aus Glas und Draht, Filament und Durolit, Metall und Manikloid stützte.

»Das ist es!«, sagte Paddy. Seine Augen blitzten triumphierend. »Wenn ich das durch den Tunnel herausziehen könnte, wäre ich Herr über die Großen und Mächtigen! ... Aber das bleibt ein süßer Traum. Ich werde mich allein mit Reichtum zufrieden geben. Als Erstes muss ich sehen, ob das Ding die blaue Flamme herausringeln kann ...«

Sachte umrundete er das Gerät und lugte ins Innere. »Wo ist der Knopf, auf dem ›Drücken‹ steht? ... Nichts zu sehen ... halt! *Da!*« Paddy trat an die Schalttafel. Sie war in fünf Segmente aufgeteilt, in jedem befanden sich drei Skalenscheiben mit eine Unterteilung von 0 bis 1000 und darunter die entsprechenden Kontrollknöpfe. Paddy betrachtete sie einen Moment lang, dann wandte er sich wieder der Maschine zu.

»Da ist der Sockel«, murmelte er. »Und hier ist eine sehr hübsche glänzende Röhre, die reinpassen müsste ... Jetzt lege ich die Schalter um – und wenn alles richtig eingestellt ist, bin ich der glücklichste Mann, den Skibbereen, County Cork, je hervorgebracht hat. So – probieren wirs.« Er legte an allen fünf Tafeln die Schalter um und trat zurück. Gespannt ließ er den Lichtstrahl auf die Metallröhre fallen.

Nichts geschah. Kein Energiebeben, kein blaues

Licht ringelte sich in einer Spirale im Zentrum der Röhre nach unten.

»Herr Jesus!«, stieß Paddy hervor. »Habe ich für diese Pleite die ganze Zeit im Tunnel geschuftet? Moment mal, es kann höchstens an drei Dingen liegen. Kein Saft oder der Hauptschalter ist nicht umgelegt. Oder dritte und schlimmste Möglichkeit: Die Skalen sind falsch eingestellt.« Er rieb sich das Kinn. »Nur nicht aufgeben! Es liegt an der Energiezufuhr. In den ganzen Scheiß kommt kein Saft.« Er leuchtete im Raum umher. »Aha, da sind die Stromleitungen, und sie führen in diesen kleinen Vorraum.«

Er lugte durch den Türbogen. »Da ist ja der Hauptschalter und wie ich jedem, der Ohren hat zu hören, erklärt habe, ist er nicht umgelegt. So – ich schalte jetzt ein. Mal sehn, was passiert … Halt, langsam. Sicherheit geht vor! Ich stelle mich lieber hinter diesen Lamellenblock und lege den Schalter mit dem Rohr um. Danach gehe ich rein und spiele mit den Knöpfen wie Biddy mit den Klöppeln.«

Er schaltete ein. Im anderen Raum wirbelten fünfzehn purpurrote Flammenzungen hektisch aus der Metallröhre, schlugen gegen die Wände, brachten die Maschine zum Schmelzen, schleuderten Mauerwerk gegen den Block und richteten im Umkreis von dreißig Metern Chaos an.

Als die Kudthu-Wächter die Unglücksstätte untersuchten, wand sich Paddy vergeblich hinter dem verbogenen Lamellenblock, um sich von dem Gewirr der Kupferröhren zu befreien, die seine Beine festhielten.

Das Gefängnis auf Akhabats war eine Zitadelle aus alten braunen Ziegeln, die am Jailhouse Hill wie Schorf auf einer Daumenwunde klebte. Staub und die stumpfe Oberfläche der Ziegel erweckten den Anschein einer Ruine, die in der Hitze von Prosperus schmorte. Doch eigentlich waren die Mauern dick und massiv, sodass es im Innern kühl war. Nach Süden hin lag die schmuddelige Stadt. Im Norden befanden sich die Landeplätze. Dahinter erstreckte sich eine Ebene, flach und blau wie Schimmel, so weit das Auge blicken konnte.

Der Kudthu-Gefängniswärter weckte Paddy, indem er mit den hornigen Fingern über die Gitterstäbe scharrte. »Erdling, wach auf!«

Paddy stand auf und griff sich an die Kehle. »Nicht nötig, einen Mann aus dem Schlaf zu reißen, bloß weil man ihn hängen will. Ich wäre morgen früh schon zur Stelle gewesen.«

»Maul halten. Mitkommen«, fuhr der Wärter ihn grob an. Er war eine menschenähnliche Kreatur, acht Fuß groß, mit rauer grauer Haut und Augen wie blaue Satinnadelkissen, die sich dort befanden, wo bei einem richtigen Menschen Wangen wären.

Paddy trat auf den Gang hinaus und folgte dem Wärter an den Zellen entlang, wo er Schnarchen, dumpfe Geräusche und das Scharren von Schuppen auf Steinen hörte und in funkelnde Augen sah.

Man brachte ihn in einen niedrigen Raum mit Ziegelwänden, der in der Mitte durch eine Theke aus bronzefarbenem Wachsholz geteilt war. Dahinter saßen um einen langen niedrigen Tisch ein Dutzend mehr oder weniger menschenähnliche Gestalten. Als Paddy hereinkam, erstarb das dumpfe Gemurmel und eine Augenreihe wandte sich ihm zu und starrte ihn an.

»Na, ihr Seeskorpione«, sagte Paddy. »Ihr seid den ganzen Weg hergekommen, nur um einen armen Erdling zu begaffen, dessen einziges Vergehen war, Triebwerke zu stehlen. Na schön, glotzt nur und seid verdammt!« Er straffte die Schultern und musterte nacheinander jedes Gesicht am Tisch.

Der Kudthu-Wärter schob Paddy ein wenig vorwärts und sagte: »Das ist der Sprecher, Lords und Ratsherren.«

Der Shaul-Ratsherr, der eine Kapuze trug, sagte nach einer kurzen Musterung, im schnellen Shaul-Dialekt: »Was ist dein Verbrechen?«

»Es gibt kein Verbrechen, Mylord«, antwortete Paddy im selben Dialekt. »Ich bin unschuldig. Ich habe nur mein Schiff in der Dunkelheit gesucht. Dann bin ich in einen Brunnen gefallen und –«

»Er war gerade dabei, Raumschifftriebwerke zu stehlen Lord Ratsherr«, unterbrach ihn der Gefängniswärter, der Mühe hatte, die richtigen Worte zu finden.

»Zwangsläufig Todesstrafe.« Der Shaul funkelte Paddy mit Augen an, die winzigen Lichtern glichen. »Wann ist die Hinrichtung?«

»Morgen, Lord, Erhängen.«

»Das Urteil wurde vorschnell gefällt, Lord«, rief Paddy. »Die berühmte Langtry-Gerechtigkeit wurde soeben besudelt.«

Der Ratsherr zuckte mit den Schultern. »Vermagst du sämtliche Sprachen der Familie zu sprechen?«

»Sie sind mir vertraut wie mein eigener Atem, Lord! Ich kenne sie wie das Gesicht meiner alten Mutter!«

Der Shaul-Ratsherr ließ sich auf seinem, Sitz zurücksinken. »Shaul sprichst du in der Tat recht gut.«

»Kannst du mich verstehen?«, fragte der Koton-Ratsherr in der kehligen Koton-Sprache.

»In der Tat«, antwortete Paddy. »Ich glaube auch, ich bin der einzige lebende Erdling, der die Schönheit eurer herrlichen Sprache zu schätzen weiß.«

Der Alpheratz-Adler stellte die gleiche Frage in seiner plappernden Lippensprache. Paddy antwortete fließend.

Danach sprachen noch der Badau und der

Loristanese, und Paddy antwortete jedem mühelos.

Es folgte kurzes Schweigen, während dessen Paddy nach rechts und links schaute. Er hoffte, einem Wächter eine Waffe zu entringen und alle im Raum zu töten. Aber die Wachen trugen keine Waffen.

»Wie kommt es, dass du ein Meister so vieler Sprachen bist?«, fragte der Shaul.

»Mein Lord, es ist mir eine Gewohnheit«, antwortete Paddy. »Seit ich ein junger Bursche war, habe ich den Weltraum durchstreift und kaum hörte ich eine fremde Sprache, fragte ich mich, worüber man wohl sprach. Darf ich euch fragen, weshalb ihr das wissen wollt? Baut ihr mich womöglich für eine Begnadigung auf?«

»Keineswegs«, antwortete der Shaul. »Dein Vergehen ist jenseits einer Begnadigung, es verletzt die Basis der Langtry-Macht. Die Bestrafung muss streng sein, um zukünftige Missetäter abzuschrecken.«

»Aber mit Verlaub, edle Lords«, widersprach Paddy. »Ihr Langtrys seid die Missetäter. Hättet ihr euren armen Vettern auf der Erde mehr als unsere armseligen zehn Triebwerke gestattet, würde ein gestohlenes Triebwerk keine mehreren Millionen Mark einbringen, und es bestünde für uns Unglückliche nicht diese Versuchung.«

»Ich habe die Quoten nicht festgesetzt, Erdling. Das liegt in den Händen der Söhne. Außerdem gibt es immer Schurken, die Schiffe und nicht eingebaute Triebwerke stehlen wollen.« Er fixierte Paddy mit bedeutsamen Blicken.

Unvermittelt sagte der Koton-Ratsherr: »Dieser Mann ist wahnsinnig.«

»Wahnsinnig?« Der Shaul musterte Paddy. »Das bezweifle ich. Er ist zungenfertig – aufmüpfig – ohne Prinzipien. Doch scheint er mir bei klarem Verstand zu sein.«

»Unwahrscheinlich.« Der Koton schwang seinen grauweißen Arm über den Tisch und reichte dem Shaul ein Blatt Papier. »Das ist sein Psychogramm.«

Der Shaul las es aufmerksam, und die Haut seiner Kapuze kräuselte sich langsam.

»Das ist in der Tat eigenartig ... noch nie da gewesen ... selbst wenn man die normale Verwirrung des Verstandes bei den Erdlingen in Betracht zieht ...« Er schaute Paddy an. »Bist du wahnsinnig?«

Paddy zuckte mit den Schultern. »Ich nehme an, ich muss hängen, ganz gleich, was ich sage.«

Der Shaul lächelte grimmig. »Er ist bei klarem Verstand.« Er blickte seine Kollegen an. »Wenn es keine weiteren Einwände gibt ...« Keiner der Ratsherren erhob die Stimme. Der Shaul wandte sich an den Gefängniswärter.

»Leg ihm Handschellen an und eine Augenbinde. Schaff ihn in zwanzig Minuten auf die Plattform.«

»Wo ist der Priester?«, schrie Paddy. »Holt mir den Heiligen Vater von St. Alban's. Wollt ihr mich ohne Sakrament raufziehen?«

Der Shaul machte eine Handbewegung. »Packt ihn!«

Paddy stieß wilde Flüche aus, als man ihm Handschellen und die Augenbinde anlegte und ihn in die scharfe Nachtluft hinausschleppte, obwohl er sich mit den Füßen dagegen stemmte. Draußen pfiff ihm der Wind ins Gesicht, der nach Flechten und Rauch roch. Sie führten ihn eine Rampe hinauf in einen warmen Innenraum, der sich solide und metallisch anfühlte. Paddy wusste auf Grund des Geruchs nach Öl, Ozon und Acryllack und auf Grund des dumpfen Pochens und der Vibration vieler Maschinen, dass er an Bord eines großes Raumschiffs war.

Man führte ihn in den Frachtraum und nahm ihm Handschellen und Augenbinde ab. Paddy schaute gehetzt zur Tür, doch zwei Kudthus, die ihn aus flaschenblauen Augen beobachteten, blockierten den Fluchtweg. Paddy entspannte sich und streckte die schmerzenden Muskeln. Die beiden Kudthu-Wachen verschwanden, die Luke schloss sich, die Bolzen schrammten an der Außenseite nach unten.

Paddy inspizierte seinen Aufenthaltsort. Ein Raum von knapp zwanzig Fuß in jeder Richtung, mit Metallwänden und – abgesehen von seiner Person – leer.

»Na schön«, meinte Paddy. »Da kann man halt nichts machen. Beschwerden und Proteste nützen nichts. Wenn diese Kudthu-Teufel nur jeder eine Viertel Tonne leichter gewesen wären, hätte ich kämpfen können.«

Er legte sich auf den Boden. Sogleich erzitterte das Schiff und flog ab. Das ständige Dröhnen der Generatoren drang durchs Metall, und Paddy schlief ein.

Er wurde von einem Shaul in der rosa-blauen Robe der Schreiberkaste geweckt. Der Shaul war ungefähr so groß wie er. Seinen Kopf bedeckte eine Kapuze, die wie eine gesprenkelte Fischhaut aussah. Sie wuchs aus den Schultern und Nacken und ragte als eine bewegliche schwarze Fleischspitze, nach Art einer mittelalterlichen Witwenkappe, in die Stirn.

Der Shaul trug ein Tablett, das er neben Paddy abstellte.

»Dein Frühstück, Erdling. Gebratenes Fleisch mit Salz, ein Salat aus Sumpfgemüse.«

»Was für ein Fleisch?«, wollte Paddy wissen. »Woher stammt es? Von Akhabats?«

»In Akhabats kam Proviant an Bord«, gab der Shaul zu.

»Schaff es weg, du Kapuzenschurke! Auf dem Planeten gibt es keinen Bissen Fleisch, außer von den Kudthus, die an Altersschwäche verendet sind. Hau ab mit diesem Kannibalenfraß!«

Der Shaul flatterte ohne Groll mit seiner Kapuze. »Hier ist noch etwas Obst und Hefekuchen und ein Krug mit heißem Gebräu.«

Mürrisch verzehrte Paddy das Frühstück und trank die heiße Flüssigkeit. Der Shaul beobachtete ihn mit einem Lächeln.

Paddy schaute auf und runzelte die Stirn. »Weshalb grinst du so hinterhältig?«

»Ich bemerke lediglich, dass dir die Brühe offenbar schmeckt.«

Paddy stellte abrupt den Krug ab, hustete und spuckte. »Ha, du Teufel! Seit dein Stamm sich von Erde gelöst hat, habt ihr jeglichen Anstand und sämtliche Manieren vergessen. Würde ich Aas an dich verfüttern? Ha, würde ich das, wenn unsere Rollen vertauscht wären?«

»Fleisch ist Fleisch«, meinte der Shaul und sammelte das Geschirr ein. »Ihr Erdlinge seid eigenartig emotional, wenn es um solche Nebensächlichkeiten geht.«

»Keineswegs«, protestierte Paddy. »Wir sind die Zivilisierten des Universums, auch wenn ihr euch damit brüstet. Ihr Heiden aus der entlegensten Ecke habt Mutter Erde in die Knie gezwungen.«

»Der alte Bestand muss dem neueren weichen«, erklärte der Shaul milde lächelnd. »Erst gab es die Pithekanthropi, dann die Neandertaler, jetzt die Erdlinge.«

»Pah!«, schleuderte ihm Paddy entgegen. »Gib mir zehn Meter flachen Boden, der ein bisschen elastisch ist, und ich werde locker mit fünf von euch Hautköpfen und zwei dieser Kudthu-Bullen fertig.«

Der Shaul lächelte ein wenig mitleidig. »Ihr Erdlinge seid nicht einmal gute Diebe. Nach fünf Monaten Arbeit am Tunnel bist du noch keine fünf Minuten im Gebäude und jagst es schon in die Luft. Zum Glück kam nur ganz wenig Strom, sonst hättest du die gesamte Stadt platt gemacht.«

»Tut mir ja furchtbar Leid«, meinte Paddy höhnisch. »Nur dass wir Erdlinge den Raumantrieb als Erste erfunden haben.«

»Langtry hat ihn erfunden – und zwar rein zufällig.«

»Und wo würdet ihr ohne ihn sein?«, fragte Paddy. »Ihr Missgeburten saust doch nur auf dem umher, was die alte Erde euch gegeben hat.«

»Dann beantworte mir das«, sagte der Shaul grinsend. »Was ist wohl die fünfte Wurzel von einhundertzwölf?«

»Eher werde ich dich fragen«, sagte Paddy listig, »denn du hast die Summe errechnet, kurz ehe du hereingekommen ist. Also nenn mir die siebte Wurzel von fünftausend.«

Der Shaul schloss die Augen und beschwor sein mentales Bild eines Rechenschiebers herauf, arbeitete damit und las die Antwort ab. »Irgendwo zwischen drei Komma drei sieben und drei Komma drei acht.«

»Beweise es«, forderte Paddy ihn heraus.

»Ich gebe dir einen Bleistift und Papier, dann kannst du es beweisen«, sagte der Shaul.

Paddy kniff die Lippen zusammen. »Da du anscheinend so wissend bist, weißt du vielleicht auch, wohin die Fahrt geht und was sie mit mir vorhaben.«

»Gewiss doch«, sagte der Shaul. »Die Söhne von Langtry halten ihre jährliche Ratsversammlung ab, und du sollst dabei dolmetschen.«

»Herr Jesus!«, stieß Paddy hervor. »Wie kommt das denn?«

»Jedes Jahr treffen sich die Söhne der Fünf Welten um die Quoten und Verteilung von Raumtriebwerken festzulegen. Bedauerlicherweise kommt es dabei immer wieder zu Eifersucht und Verdächtigungen, weil es zwischen den Fünf Welten keine gemeinsame Sprache gibt. Die Söhne der jeweils anderen vier Welten würden das Gesicht verlieren.

Ein Dolmetscher ist ein geeignetes Mittel, um Abhilfe zu schaffen. Er übersetzt jedes Wort in die vier anderen Sprachen. Die Söhne gewinnen Zeit zum Nachdenken. Man erreicht eine vollkommene Unparteilichkeit, und der planetarische Stolz würde nicht leiden.«

Der Shaul lachte kurz, dann fuhr er fort. »Versteh mich recht, der Dolmetscher erweist keinen entscheidenden Dienst, da jeder der Söhne – bis zu einem gewissen Grad – der Sprache der anderen vier mächtig ist. Er ist lediglich ein Symbol der Gleichheit und Zusammen-arbeit auf gleicher Ebene, ein Schmiermittel zwischen den überempfindlichen Söhnen.«

Paddy rieb sich nachdenklich das Kinn. »Aber dieses Verfahren ist das Geheimnis der Galaxis«, sagte er mit leiser Stimme. »Niemand weiß, wann oder wo das Treffen stattfindet. Es ist wie das geheime Rendezvous eines verschämten Liebes-paars.«

»Korrekt«, sagte der Shaul. Er musterte Paddy mit hellen wachen Augen. »Dir ist doch sicher nicht entgangen, dass viele der archaischen Rassen mit den Quoten unzufrieden sind. Da wäre die Versammlung der Söhne von Langtry ein verführerisches Ziel für einen Attentäter.«

Paddy riss die Arme hoch. »Aber weshalb hat man mich für diese Ehre ausgewählt? Gewiss gibt es andere, die ebenso fähig sind.«

»Ja, in der Tat.« Der Shaul nickte. »Ich zum Beispiel spreche jede der fünf Sprachen fließend. Aber ich bin kein zum Tode verurteilter Ver-brecher.«

Paddy nickte. »Verstehe, verstehe. Und was geschieht, falls ich mich weigere, als Sprachrohr zu dienen?«

»Du wirst ein oder zwei Mal dem Nerven-anzug unterzogen, danach ist im Allgemeinen jeder auf einen schnellen Tod erpicht.«

»Oh, was für hässliche Dinge«, stöhnte Paddy.

»In dieser traurigen Zeit hat ein Mensch nicht mehr das Recht auf einen freien Willen.«

Der Shaul erhob sich und nahm das Geschirr mit Fingern hoch, die so lang und dünn wie Bleistifte waren. Er verließ die Luke, kehrte jedoch kurz darauf zurück.

»Und nun, Erdling, muss ich dich über die passende Zeremonie instruieren. Gewisse Söhne bestehen auf Etikette. Zum Glück ist es nicht viel, was es zu lernen gibt, da wir schon morgen am Ort der Zusammenkunft landen.«

2

Der Shaul weckte Paddy am nächsten Morgen mit Frühstück, einem Rasiermesser, einem Nebelkolben, frischer Wäsche und einem Paar Sandalen mit dicker Sohle. Letztere musterte Paddy fragend.

»Du wirst über Steine gehen müssen«, erklärte der Shaul.

Paddy rasierte sich, zog sich aus, reinigte sich mit dem Spray des Nebelkolbens und streifte frische Kleidung über. Dann streckte er die Arme aus und betastete das Gesicht.

»Nun, mein hautlappiger Freund, bis jetzt hast du mich ja einigermaßen gut behandelt. Gut für dir denn sonst hätte ich – nur um meine Verachtung für das ganze Verfahren zu zeigen – mit dir den Frachtraum aufgewischt.«

»In Rufweite ist ein Kudthu-Wachposten, falls ich ihn brauche, was ich jedoch bezweifle«, erklärte der Shaul.

»Wir sind in diesem Punkt unterschiedlicher Meinung«, sagte Paddy. »Wir wär's mit einem kleinen freundschaftlichen Kampf, um zu sehen, wer Recht hat? Einen Wurf, Catch-as-catch-can, nur so zum Spaß, ohne Augenausdrücken oder Ziehen an Haaren oder Haut. Ich habe meine Stoppeln abrasiert und den Dreck beseitigt, ich bin eine neuer Mensch.«

»Wenn du es möchtest«, sagte der Shaul und grinste, wobei man die spitzen Zähne aus grauem Metall sah.

Paddy trat vor und legte eine Hand auf den Arm des Shaul. Dieser glitt davon wie ein geölter Aal, dann griffen die muskulösen Arme zu. Paddys Beine sackten bei der plötzlichen Hebelwirkung weg. Einen Moment lang leistete er Widerstand, dann gab er nach und warf sich kopfüber nach vorn, fasste Fuß und schleuderte den Shaul über sich hinweg auf den Boden. Blitzschnell warf sich Paddy auf ihn und presste ihn mit dem Rücken nach unten. So blickten sie einander in die Augen, Paddys graugelbe und die glänzenden Kugeln des Shaul.

Dann sprang Paddy auf, und auch der Shaul erhob sich mit ziemlich mürrischer Miene.

»Ha, wir auf Erde sind immer noch Männer!«, erklärte Paddy triumphierend. »Ihr Klapphäute könnt Quadratwurzeln lösen, das gebe ich zu, aber als Gegner in einem schönen freundschaftlichen Kampf ziehe ich immer noch einen von der grünen alten Mutter Erde vor.«

Der Shaul sammelte die alte Kleidung und das Frühstücksgeschirr ein und blickte Paddy an. »Erstaunlich«, meinte er. »Wirklich eine erstaunliche Rasse, ihr Erdlinge.« Dann ging er und schloss die Tür hinter sich.

Paddy verzog das Gesicht und biss sich auf die Lippe. »Also, wie hat er das denn gemeint?«

Eine Stunde später kam der Shaul zurück und winkte ihm. »Hier entlang, Erdling.«

Paddy gehorchte achselzuckend. Hinter ihm

schloss sich ein stummer Kudthu an und folgte ihm auf den Fersen.

An Bord des Schiffes herrschte Aufregung. Paddy merkte es an den zitternden Hautlappen der Shouls in den Gängen und an dem Stakkatoton der Unterhaltungen und dem nervösen Zucken ihrer langen Finger. Durch ein Bullauge sah er schwarzes All und in weiter Ferne einen Sternenhaufen.

In etwa anderthalb Kilometer Entfernung schwebte ein riesiges Schiff mit einem Medaillon in Grau und Blau, das Schiff des Koton-Sohns. Ein kleines Schiff mit durchsichtiger Kuppel glitt herbei und legte sich an die Eingangsschleuse. Der Kudthu versetzte Paddy einen leichten Schlag auf den Hinterkopf. »Vorwärts, Erdling!«

Paddy drehte sich empört um. Der Kudthu trat einen Schritt vor und blickte auf ihn herab. Paddy ging weiter, um nicht zertreten zu werden.

Auf dem Eingangsdeck stand eine Reihe Shauls mit geblähten Hautlappen, starr wie Segel. Ihre Augen leuchteten wie winzige Glühbirnen.

Der Kudthu legte seine Pranke auf Paddys Schulter. »Tritt zurück. Schweig. Sei ehrerbietig. Der Shaul-Sohn von Langtry.«

Die Stille erinnerte Paddy an das schwere Schweigen in einer Kirche beim Gottesdienst. Dann hörte er das Rascheln von Kleidung. Ein alter Shoul mit welker Hautkapuze schritt den Korridor herab. Er trug eine Tunika aus weißem

Stoff und einen Kürass mit dem scharlachrot-schwarzem Medaillon von Shaul. Ohne nach links oder rechts zu schauen, trat er durch die Schleuse in das Schiff mit der Glaskuppel. Mit saugendem Geräusch schloss sich die Schleuse, als die Luft entwich. Gleich darauf war das kleine Schiff nur noch ein Lichtpunkt aus Glas und Metall. Zwanzig Minuten vergingen, ohne dass jemand etwas sagte oder sich bewegte. Paddy wurde unruhig und kratzte sich am Kopf.

Es zischte und scharrte, dann öffnete sich die Schleuse wieder. Der Kudthu schob Paddy vor. »Tritt ein!«

Paddy hatte keine Wahl. Gleich darauf befand er sich in dem Raumfahrzeug, das von einem Shaul in schwarzer Uniform gesteuert wurde. Zwei Kudthu-Wachposten folgten ihm. Die Schleuse schloss sich, das Schiff schwebte in den schwarzen Golf hinaus, fort von der hell erleuchteten Seite des großen Schiffs.

»Jetzt ist der richtige Zeitpunkt«, dachte Paddy. »Die beiden Wachen niederschlagen und den Piloten erwürgen.« Er beugte sich vor und spannte die Rückenmuskeln für einen Sprung an. Zwei riesige graue Hände legten sich auf seine Schultern und drückten ihn auf den Sitz. Paddy drehte den Kopf und sah die blauen Satinkissen des Kudthu-Wächters, die ihn misstrauisch musterten. Paddy entspannte sich und blickte durch die Kristallkuppel ins schwarze All.

Eine Meile entfernt sah er das Shaul-Schiff und ein Stück dahinter das Schiff der Badau, dazwischen eins mit blaugrünem Medaillon und außerdem in verschiedenen Entfernungen weitere drei Schiffe.

Paddys Schiff steuerte direkt auf einen winzigen Asteroiden zu, dessen eine Seite an der Oberfläche durch eine hohe kreisförmige Leuchtröhre erhellt wurde.

Das Schiff landete auf dem Asteroiden, die Schleuse öffnete sich. Paddy erwartete, dass die Luft aus dem Raumfahrzeug ins All rauschen würde. Er spannte die Muskeln an und machte eine warnende Geste. Doch es geschah nichts dergleichen. Es schien draußen der gleiche Druck zu herrschen.

Der Kudthu stieß ihn hinaus. Paddy stellte verblüfft fest, dass er in normaler Schwerkraft ging, obgleich der Asteroid, der die Form eines menschlichen Fußes hatte, aus Fels bestand und im längsten Durchmesser kaum zweihundert Fuß maß. Paddy vermutete, dass eine Schwerkraftanlage in Betrieb war – wahrscheinlich auf der Unterseite der Felsen.

Unter dem Kreis der Leuchtröhre war mit polierten Granitplatten ein Boden ausgelegt, in dem verschnörkelte Pentagramme in Gold um einen großen Stern aus leuchtend roter Koralle oder Zinnober ein Muster bildeten. Fünf schwere Sessel standen da zur Mitte einer kreisförmigen

Grube ausgerichtet, die einen Meter breit und einen halben Meter tief war.

Der Shaul-Pilot sagte zu Paddy: »Komm!« Die Kurdthu-Wachen stießen ihn vorwärts. Wütend stampfte er hinter dem Piloten auf die hell erleuchtete Plattform zur Vertiefung in der Mitte.

»Steig hinab!«

Paddy zögerte und blickte misstrauisch nach unten. Wieder stieß der Kudthu ihn an, sodass er notgedrungen nach unten stieg. Dann beugte sich der Kudthu hinab, Ketten rasselten und gleich darauf umschloss ein Ring Paddys Knöchel.

»Du nimmst eine sehr herausgehobene Stellung ein«, raunte der Kudthu ihm zu. »Zeige den nötigen Respekt. Wenn einer der Söhne spricht, wiederholst du seine Worte in der jeweiligen Sprache der anderen Söhne – im Uhrzeigersinn vom Sprecher aus gesehen.

Angenommen, der Shaul-Sohn sitzt in dem Sessel dort drüben, wiederholst du seine Worte zuerst in Lorestanisch diesem Sohn« – er deutete auf den entsprechenden Sitz – »dann in Koton dem Sohn aus Koto, dann in Badaisch dem Badau-Sohn und in Pherasisch dem Sohn von Alpheratz. Hast du das verstanden?«

»Alles klar«, sagte Paddy. »Jedenfalls dieser Teil. Aber ich würde gern wissen, was passiert, wenn ich meine Dienste hier beendet habe?«

Der Shaul wandte sich beiseite. »Verschwende

darauf keinen Gedanken. Ich kann dir jedoch versichern, dass es äußerst unangenehm wird, solltest du dich unpassend benehmen. Wir Shauls foltern nicht, doch die Adler und die Kotons haben keinerlei Skrupel.«

»Allerdings keinerlei«, stimmte ihm Paddy zu. »Ich war in Montras auf Koto und habe eine öffentliche Folterung gesehen, das Blutvergießen hat mich gegen diese Teufel aufgebracht. Dieses Montras ist eine Höllenstadt.«

»Dann benimm dich geziemend«, ermahnte ihn der Shaul. »Die fünf Söhne sind überaus leicht zu erzürnen. Sprich laut, richtig und denk dran: Im Uhrzeigersinn vom Sprecher aus, damit die größtmögliche Gleichheit gewahrt wird.«

Dann sprang der Shaul auf und lief zurück zum Schiff. Die Kudthu-Wachen folgten ihm.

Paddy saß nun allein auf dieser winzigen Welt und blickte suchend zum Himmel, um herauszufinden, was der Grund für diese Eile war. Die fünf großen Schiffe hatten sich, ungefähr drei Kilometer entfernt, zu einer annähernd parallelen Formation zusammengeschlossen, ihre Kiele zeigten auf Paddy.

Es war ein ziemlich eigenartiges Gefühl, allein an ein Stück namenlosen Fels gekettet, wie ein Opfer auf einem Altar warten zu müssen. Paddy untersuchte die Fußfessel. Von dem Ring um seinen Knöchel führte die Kette zu einer Klammer im Fels. Er probierte es aus und zerrte daran, bis die Haut an seinen Händen blutig geschrammt war und seine Bauchmuskeln sich verkrampften – doch alles vergebens.

Er stellte sich aufrecht hin und musterte seine Umgebung. In Reichweite war keine Stange, die er als Hebel benutzen konnte, auch kein Stein, um damit die Ketten zu zerschlagen. Er war mutterseelenallein, falls nicht jemand auf der anderen Seite der kleinen Rauminsel postiert war. Er reckte den Hals und sah eine Öffnung im Betonboden und eine Treppe, die in den Fels hinabführte. Zur Schwerkraftanlage, dachte Paddy und vielleicht zu einem Luftgenerator.

Es zischte und dröhnte. Als er aufschaute, sah er ein glänzendes Raumschiff über sich. Es landete, die Kuppel öffnete sich. Die fünf Söhne von Langtry traten heraus. Stumm in förmlicher Linie schritten sie feierlich zur Plattform. Als Erster der hagere Adler von Alpheratz, dann der butterfarbene Loristaner mit den flackernden Zügen, der Shaul mit der gesprenkelten Hautkapuze, der Koton mit den Augen wie Untertassen und als Letzter der stämmige Badau mit den kurzen Beinen und dem Buckelkopf.

Die Hände in die Hüften gestemmt, die Lippen gekräuselt, blickte Paddy ihnen entgegen. Er schüttelte den Kopf. »Nein, wenn man bedenkt, dass ihre Vorfahren mal anständige Erdlinge wie ich waren! Und schau sie dir jetzt an! Wie die Menagerie in Kensington Gardens.«

Aus dem Heck des Schiffs stiegen zwei weitere Gestalten, riesige Kudthus mit purpurfarbener Haut. Paddy wusste, dass sie nahezu hirnlose und geschlechtslose Kreaturen waren, die sich durch Chirurgie und Zwangsernährung so entwickelt hatten. Sie waren muskelbepackte Ungeheuer, deren rote Hautlappen wie geschwollene Hahnenkämme aussahen.

Man hatte bei ihnen eine Lobotomie durchgeführt, um ihre Konzentration zu zentralisieren, und sie bewegten sich wie unter Hypnose. Sie bezogen zu beiden Seiten des Asteroiden Posten, wo sie wie gigantische, stumme Säulen standen und ihre blauen aufgeblähten Augen auf Paddy hefteten.

Die Söhne von Langtry teilten sich und nahmen ihre Plätze ein. Der Loristaner warf einen flüchtigen Blick auf Paddy.

»Sieh da, dies Jahr ein Erdling«, meinte er fröhlich. »Gelegentlich sind sie ja recht brauchbare Sprachwissenschaftler. Meiner Meinung nach sind sie und die Shauls die besten. Aber es gibt auch Shaul-Verbrecher. Mich würde interessieren, was dieser Halunke verbrochen hat.«

Paddy legte den Kopf auf die Seite und blickte ihn hasserfüllt an. Dann wurde ihm klar, dass sein Dienst bereits begonnen hatte. Er verneigte sich vor dem Koton, wiederholte die Worte in dessen Sprache, danach ebenso für den Badau, den Adler und den Shaul. Allerdings ersetzte er

im letzten Satz das Wort ›Halunke‹, auf Kotonisch *zhaktum,* in Badaisch durch *luad,* was so viel wie ›waghalsiger Ritter‹ bedeutete. Und benutzte dann das pherasische *a-kao-up,* was ›schneller Flieger‹ hieß. Für den Shaul wählte er *condosiir,* was vom Alttuskanischen *condottiere* abgeleitet war.

Dann wartete er mit ernster Miene höflich auf die nächsten Sätze. Der Loristaner streifte ihn mit einem flüchtigen Blick, am gelben Kinn zuckte ein Muskel, aber er machte keinerlei Bemerkung.

Dann sprach der Alpheratz-Adler: »Bei diesem Treffen gibt es wenig, was uns betrifft. Ich habe keine bemerkenswerte Schwankung im Handelsvolumen festgestellt und sehe daher keine Notwendigkeit für eine militärische Expansion. Die Quoten des vergangenen Jahres dürften uns genügen.«

Paddy übersetzte jedes Wort für die Runde. Es herrschte allgemeine Übereinstimmung.

»Ich habe mehrere Petitionen zu besprechen«, sagte der Badau. »Die Erste von Canopus Vier. Sie wollen vier Triebwerke haben, um Nachschub und landwirtschaftliche Produkte von einem ihrer Monde hin- und herzubefördern, wo sie eine Viehzucht eingerichtet haben.«

»Ich habe ein ähnliches Gesuch«, erklärte der Shaul. »Meine Agenten haben mir gemeldet, dass sie von den ihnen zugeteilten sechzehn Triebwerke fünf zerstört haben, vermutlich durch

Experimente in ihren Laboratorien, weil sie versuchen, das Energieverteilungsprinzip herauszufinden. Ich spreche mich gegen dieses Gesuch aus.«

Nach etlichen weiteren Bemerkungen wurde die Petition abgelehnt.

»Die zweite Petion kommt von einer Privatperson«, sagte der Badau. »Einem Non-Anthropoides des neonomischen Typs. Er hat den Plan, das All zu umschiffen. Dazu will er sich in ein Schiff einschließen lassen, ablegen und so weit und so schnell fahren, bis er entweder zurückkehrt oder tot ist.«

Diese Petition wurde bewilligt, da man sie für ein interessantes Experiment hielt, was das Gleichgewicht des Handels wohl kaum stören würde.

Der Badau blickte auf seine Notizen. »Drittens, eine Petition von Erde. Die Eingeborenen beantragen einhundert weitere Anlagen.«

»*Einhundert!*«, brüllte der Koton.

Der Shaul lehnte sich im Sessel zurück und grinste. »Sie haben sich ein wenig von ihrer früheren Haltung entfernt. Wenn ich mich recht erinnere, haben sie während der letzten fünfzig Jahre unbegrenzten Zugang zur Produktion verlangt.«

»Langsam entwickeln sie einen Sinn für die Realität«, meinte der Badau.

»Der Handelsindex ist nur geringfügig gestiegen«, sagte der Loristaner. »Ich glaube, eine ihrer Anlagen wurde bei einem Absturz zerstört. Vier oder fünf Anlagen sind so ramponiert, dass sie unbrauchbar sind. Wenn wir diese ersetzen, sehe ich keinen Grund für weitere Zugeständnisse.«

Paddy leckte sich die Lippen und übersetzte für den Koton: »Der Handelsindex ist nur wenig gestiegen. Eine ihrer Anlagen wurde bei einem Absturz zerstört. Vier oder fünf Anlagen sind unbrauchbar geworden. Wenn wir diese ersetzen, sehe ich eine gewisse Begründung für weitere Zugeständnisse.«

Der Koton richtete sich im Sessel auf und richtete die Telleraugen auf Paddy. Paddy stockte der Atem. »Vorsicht, Junge«, sagte er zu sich. »Du hast es jetzt nicht mit unwissenden Wächtern zu tun.« Er wandte sich an den Badau und war sich dabei des kalten Blicks des Kotons wohl bewusst.

»Der Handelsindex ist nur geringfügig gestiegen«, sagte Paddy auf Badaisch. »Eine Einheit ist zerstört, vier andere sind ramponiert. Wenn wir diese ersetzen, sehe ich keinen Grund für weitere Zugeständnisse.« Paddy entspannte sich, als der Koton die Augen anderswohin wandte. »Da beschleicht einen ein eiskaltes würgendes Gefühl«, dachte Paddy. »Und diese telleräugigen Teufel haben den Nervenanzug erfunden.«

Sorgfältig beendete er die Runde mit den Übersetzungen. Nach einer kurzen Pause wurde gewählt und die Erde-Petition abgelehnt.

Es wurde noch über drei weitere Petitionen abgestimmt. Dann saßen die fünf ziemlich lang stumm da und betrachteten Paddy grübelnd. In dem grellen Licht fühlte er sich nackt und entblößt. »Da bin ich nun«, murmelte er angewidert. »Ich, Paddy Blackthorn aus Skibbereen, County Cork, wie ein Kabeljau auf dem Block. Auf dem winzigsten Felsstück des Universums gefesselt, zusammen mit fünf widerlichen Kreaturen, die darüber nachdenken, was sie mit meiner Leiche machen sollen.«

Er blickte zum Himmel hinauf. Nur wenige Meilen entfernt lagen die fünf Schiffe parallel. »Jetzt wär's an der Zeit, dass Gott der Herr seine helfende Hand ausstreckt und sich um sein Schäfchen kümmert. Schließlich war ich mein ganzes Leben lang ein guter Kerzen spendender Ire.«

»Gibt es irgendwelche Vorschläge bezüglich neuer Sicherheitsvorkehrungen?«, fragte der Shaul.

»Auf meinem Planeten werden viele Stimmen laut, die sich für eine größere Verbreitung der Geheimnisse aussprechen«, erklärte der Adler langsam. »Oder zumindest für ein öffentliches Depot auf jedem Planeten, von dem eine verantwortungsbewusste Gruppe Kenntnis hat. Wie immer setzt der Vorschlag als Argument voraus, dass eine Katastrophe uns Fünf gleichzeitig auslöschen könnte, woraufhin das Prinzip des Antriebs verloren wäre.«

»Und wie immer lautet die Gegenmeinung,

dass fünf Hirne für ein einziges Geheimnis bereits vier zu viel sind«, widersprach der Koton. »Ein öffentliches Depot könnte durch einen überraschenden Überfall geplündert werden. Mitglieder eines Komitees könnten entführt werden. Schon bald würde es kein Geheimnis mehr sein. Das All würde so voller Schiffe sein wie die Bathcani-See mit Rotwürmern.«

Der Badau strich sich über seinen Buckelkopf. »Ich habe stets die Position vertreten, je geringer das kritische Wissen ist, desto besser. Selbst wenn wir alle in der Bank von Loristan den Tod fänden, würden unsere Nachfolger die Verstecke der Daten erfahren.«

»Aber erst nach zehn Jahren«, sagte der Adler mit finsterer Miene. »Zehn Jahre Zweifel und Verwirrung.«

»Vielleicht könnten wir eine öffentliche Erklärung abgeben, in der wir kundtun, dass im Falle einer Katastrophe das Geheimnis automatisch ans Licht käme«, schlug der Shaul vor. »Wir brauchen die Zeitspanne von zehn Jahren ja nicht zu erwähnen, denn das würde die Aufmerksamkeit auf die Bank von Loristan lenken. Schließlich ist allgemein bekannt, dass zehn Jahre die Frist sind, nach welcher nicht erneuerte Sicherheitskassetten geöffnet werden.«

»Warum vertrauen wir nicht gleich die Daten der Bank von Loristan an?«, fragte der Koton mürrisch.

Der Shaul grinste. »Es gibt mehrere Gründe, weshalb das nicht wünschenswert wäre. Angenommen diese Katastrophe tritt ein. Nach zehn Jahren wirft der Mechanismus der Bank automatisch die abgelaufenen Kassetten aus. Dann liegt das Geheimnis des Raumantriebs vor den Augen der Angestellten. Zweitens –«

»Dein erster Grund reicht aus«, unterbrach ihn der Koton. »Vielleicht ist das gegenwärtige System doch das Beste.«

»Die gegenseitige Verdoppelung der Daten schützt uns gegen den Verlust eines Satzes«, wies der Loristaner auf. »Und die Aufteilung des Geheimnisses garantiert die Kontinuität unserer gegenseitigen Abhängigkeit.«

Abrupt ergriff der Shaul das Wort.»Und was nun die Zuteilung der fünf kommerziellen Anlagen, achthundert Schiffsinstallationen ...«

Ein Sohn nach dem anderen erklärte, was seine Welt benötigte. Über die Gesamtsumme meinte der Koton mürrisch: »Da sind wir auf Akhabats ja drei Wochen lang beschäftigt, die Röhren zu aktivieren.«

»Das ist die Funktion unseres Amtes«, meinte der Loristaner spitz.

»Wir brauchen eine Woche, um einen neuen Energieverteiler zu bauen«, sagte der Koton. »Irgendein Schurke von Erde hat ins Schiff einen Tunnel gegraben. Stellt euch das vor! Dieser Schwachkopf hat den Hauptschalter umgelegt und Akhabats war nur sicher, weil die Hauptlaufstange entfernt war, um sie neu zu beschichten.«

Der Loristaner zuckte mit den Schultern. Seine fetten gelben Backen schwabbelten. »Selbstverständlich waren die Anzeigen verstellt. Was hat sich dieser Idiot nur eingebildet, erreichen zu können?«

»Die Gehirnwindungen eines Erdlings sind jenseits unseres Vorstellungsvermögens«, erklärte der Adler.

Der Shaul machte eine ungeduldige Geste. »Gibt es noch weitere Fragen bezüglich der Terminpläne? Wenn nicht –«

»Wir können die Sitzung schließen«, erklärte der Badau nachdrücklich. »Lasst uns jetzt den Austausch durchführen und abfliegen.« Er löste ein dünnes Band vom Armgelenk und gab es dem Adler links von ihm. Dieser reichte ein ähnliches Band dem Shaul, der seins an den Loristaner weitergab, dieser dem Koton und dieser dem Badau.

Der Badau grunzte zufrieden. »So, für ein Jahr sind wir fertig, abgesehen von dem Monat Schuften auf Akahbats.«

Paddy machte sich so unsichtbar, wie es einem Mann möglich war, der in der Mitte einer hell erleuchteten Plattform angekettet war. Vielleicht würden sie sich so angeregt unterhalten, dass sie ihn auf der kleinen Welt in Ruhe lassen würden – was allerdings auch gleichbedeutend mit dem Tod war. Ein düsterer Gedanke.

Sobald sie die Schwerkraftanlage abschalteten, würde die Luft ins Vakuum des Alls verpuffen und er selbst ersticken oder bestenfalls explodieren. Aber wie auch immer, selbst dieses Glück war ihm nicht beschieden. Die Telleraugen des Koton ruhten auf ihm, als sich die Fünf erhoben. Der Koton gab den Wachen ein Zeichen.

»Entfernt den Gefangenen von der Plattform und richtet ihn hin«, befahl der Koton.

»Soll ich das übersetzen, Lord Koton?«, fragte Paddy vorlaut.

Der Koton ignorierte ihn. Paddy sah die Kudthus näher kommen, Giganten mit purpurroter Haut in schwarzen Lederuniformen. Von jedem der beiden konnte man drei wie ihn machen. Jetzt kommt der Tod, dachte Paddy. Wie würde er sein? Durch eine Kugel? Durch die schweren Kudthu-Messer, die an ihren Gürteln baumelten? Oder indem sie mit ihren riesigen Pranken ihm schlichtweg den Hals umdrehten?

Sie blickten auf ihn nicht bösartiger herab als ein Bauer, der ein Huhn für den Topf auswählt. Der eine Kudthu beugte sich mit einem Schlüssel herab und machte sich an seiner Kette zu schaffen, während der andere Paddys Schulter festhielt. Paddys Herz klopfte, vor Angst war ihm die Kehle wie zugeschnürt. Es war schon traurig, so weit entfernt von Mutter Erde durch die Hände dieser eigenartigen gefühllosen Kreaturen zu sterben.

3 Sein Fuß war frei. Verzweifelt sank Paddy auf die Knie, biss in die Kudthu-Pranke, riss dem herabgebeugten Kudthu das Messer vom Gürtel und stach damit in die Beine des anderen. Der Griff an der Schulter lockerte sich. Paddy sprang auf und rannte wie ein Hase von der Plattform. Der Shaul holte eine kleine Handfeuerwaffe heraus, zielte und feuerte. Paddy schlug einen Haken, und der Strahl der flackernden blauen Ionen sauste an seinem Ohr vorbei.

Jetzt kamen die Kudthus auf ihn zu, mit ausdruckslosen Gesichtern. Wieder zischte ein blauer Stahl an ihm vorbei, und er duckte sich panisch. Seine Gedanken überschlugen sich. Rennen, rennen bis ans Ende der Welt? Aber das Ende dieser Welt war nahe. Wohin? Zum Raumschiff? Nein, der Shaul stand mit seiner Waffe in der Nähe. Wohin nur? Auf die andere Seite? Sie würden ihn vorher erwischen.

Vor ihm eine schwach erleuchtete Öffnung im Beton. Ja, ein Schlupfloch, wo er zumindest den Rücken gegen die Wand stemmen konnte, wo sie nicht auf ihn schießen würden aus Angst, die Schwerkraft zu stören. Die Schwerkraft ...

Die Schwerkraft! Weg mit der Schwerkraft! Tod für ihn und für alle anderen! War der Generator womöglich unbewacht, verletzbar?

Er sprang, vier Stufen auf einmal nehmend, hinunter. Das immer stärker werdende Gravitationsfeld zog ihn. Er gelangte in einen kleinen

Raum mit Betonwänden. Eine etwa drei Meter lange Kiste war auf Schienen montiert, dicke Leitungen führten in ein Energiedepot. Paddy holte tief Luft, kämpfte sich durch den Raum und legte den Hebel um.

Die Energie war abgeschaltet, das Gravitätsfeld verflüchtigte sich ins Nichts. Paddy war schwerelos. Luft verpuffte mit einer Geschwindigkeit von dreihundertsiebzig Metern pro Sekunde ins All. Eine gewaltige Kraft zischte aus Paddys Brust, als würde er inwendig explodieren. Atem schoss aus seiner Kehle, aus dem Mund. Er spürte, wie Arme und Beine blitzschnell gedehnt wurden, seine Ohren dröhnten, die Augen traten hervor.

Er wankte zum Hebel und schaltete wieder auf volle Schwerkraft. Er war der Herr dieser kleinen Welt, Herr über Leben und Tod. Zu spät, dachte er benommen – sinnlos. Die Luft war mit Schallgeschwindigkeit entflohen. Sie würde nur mit Schwerkraftbeschleunigung zurückkehren.

Noch eine Stunde lang würde ein nahezu völliges Vakuum herrschen, währenddessen würde alles auf dieser winzigen Welt sterben. Doch nein – er spürte, wie das Kribbeln in der Haut langsam nachließ, das Pochen in der Kehle verschwand. Er machte den Mund auf. Luft! Luft, zumindest in dem kleinen Raum, eine geringe Menge, die durch die Ritzen sickerte, eine dünne Schicht, gehalten von der Molekularanziehung und der Schwerkraft des Asteroiden, die sich jetzt um die Schwerkraftanlage konzentrierte.

Paddy schleppte sich die Stufen gegen die Schwerkraft hinauf, die durch seine Nähe zur Anlage verstärkt war. Beim Hinaufsteigen spürte er, wie die Atmosphäre rapide dünner wurde. Als er aus der Öffnung blickte, dröhnte sein Kopf in dem fast luftleeren Raum. Die Kudthus lagen sechs Meter weit entfernt in den dunklen Pfützen ihres Blutes. Die fünf Söhne von Langtry waren tot. Sie bildeten einen Klumpen am Raumschiff. Völlig überrascht blinzelte Paddy.

Das abstoßendste Verbrechen in der Geschichte des Alls war begangen worden. Völkermord, Entweihung heiliger Stätten, Verrat am gesamten Universum – keine Sünde konnte sich mit seiner Tat messen. Die Fünf Söhne tot – durch seine Hand!

Paddy leckte sich die aufgeblähten Lippen. Eigentlich eine verblüffend große Tat, wenn man bedachte, dass er lediglich einen Hebel umgelegt hatte. Sie hätten ihn, ohne mit der Wimper zu zucken, getötet. Er blickte über die Plattform zum Boot, dann vorbei an den Lichtbogen zu den fünf parallel liegenden Raumschiffen.

Ha, spürten diese Idioten denn nicht das Grauen? Ihre Teleskope mussten ihnen doch zeigen, dass etwas nicht stimmte. Selbstverständlich war es möglich, dass sie den Befehl hatten, die Augen von den Instrumenten zu lassen, aus Angst, sie könnten von den Lippen ablesen.

Mit der Sehnsucht eines Liebhabers schaute Paddy zum Boot hinüber. Er konnte nicht klar sehen, und er blutete aus der Nase. Die dreißig Meter zum Boot waren wie tausend Kilometer. Einen halben Meter über dem Beton begann das Ersticken. Er ging zurück nach unten, um Luft zu schöpfen und die Gedanken zu sammeln.

Er dachte angestrengt nach. Wie konnte die Schwerkraftanlage normalerweise abgeschaltet werden? Im Druckanzug, damit man dabei nicht umkam. War zu diesem Zweck so ein Anzug zurückgelassen? Tatsächlich, da hing er im Schatten hinter dem Energiedepot. So schnell er mit den zitternden Fingern konnte, schlüpfte er hinein.

Er passte den Helm an und drehte die Luft auf. Ahhh, was für eine herrliche Sache war die reine dicke Luft, die nach frischem Wasser schmeckte.

Doch es war keine Zeit, um das zu genießen. Hinauf – wenn er dem Nervenanzug entkommen wollte. Er sprang die Stufen hinauf und rannte über die tote Welt. Bei den Leichen der fünf Söhne von Langtry hielt er kurz inne. Um Shauls dünnes Handgelenk sah er das dünne Goldband. Schnell nahm er es ab, ebenso dem Koton, dem lederhäutigen Badau, dem Adler und dem buttergelben Loristaner.

Die fünf Goldbänder schwenkend lief Paddy zum Boot. Schnell die Riegel zurück und auf den Pilotensitz. Er musterte die Geräte, bis er den

Handgriff zum Abheben fand. Ganz langsam ließ er das Boot hochsteigen, dann steuerte er es vorsichtig auf die andere Seite der Welt.

Solange er konnte, blieb er auf einem Kurs, bei dem der Asteroid zwischen ihm und den fünf großen Raumschiffen lag. Dann schaltete er auf volle Kraft. Das kleine Raumschiff sauste hinaus, hinaus, hinaus – in die Tiefe des Alls, wo die Sterne als winzige Punkte unter ihm leuchteten.

Jetzt – den Raumantrieb zugeschaltet, er war in Sicherheit. *In Sicherheit!*

Paddy ließ sich auf dem Sitz zurücksinken und verfiel in Regungslosigkeit …

Paddy schaute sich im Schiff um. Seine Augen begannen zu leuchten bei so viel glänzendem Metall und Glas, den Geräten, den Stoffen – eine erlesene Ausstattung. Wie sich ein Gourmet eine köstliche Soße auf der Zunge zergehen lässt, genoss er seine Umgebung.

Paddy erhob sich von der Couch und streckte sich wie ein Neugeborener. Dieses kleine Schiff bedeutete ein neues Leben, war ein Symbol der Wiedergeburt. Seine Vergangenheit schien so weit weg zu sein, als verbände nur ein Seidenfaden den Paddy Blackthorn im Gefängnis auf Akhabats und den Paddy Blackthorn, der auf dem Deck stand, das mit einem frischen scharlachroten und eierschalfarbenen Teppich bedeckt war.

Paddy stemmte die Arme in die Seiten und grinste vor ehrlicher Freude. Nicht nur war er frei und am Leben – was allein schon Grund genug zur Freude war –, sondern er hatte auch noch seinen Möchte-gern-Mördern einen tödlichen Streich gespielt. Einen fabelhaften Streich, mit dem sein Name in die Geschichte eingehen würde. Es war das Muster von Umständen, das genau in die Fassung eines menschlichen Gehirns passte, der gebissene Beißer, der brutale Schläger, zu Fall gebracht vom Unterlegenen, sodass er in die stinkende Gosse fiel.

Paddy schlenderte umher und begutachtete seinen Schatz. Offenbar war das Schiff weniger für interstellare Beförderung gebaut, sondern als Vergnügungsschiff. Es war kein Arsenal an Bord und verhältnismäßig wenig Proviant.

Die Einrichtung war von feinster Qualität und Präzision, wie es sich für das zeremonielle Schiff der Söhne von Langtry gehörte. Das verwendete Holz war eine sehr seltene Sorte von einem entlegenen Planeten, die Maserung war schwarz und goldgrün. Die Couch war braunviolett überzogen und auf dem dicken purpurroten Teppich ging man wie auf verzuckerten Rosenblättern.

Paddy ging zurück zur Pilotenplattform und studierte die Astrogationsinstrumente. Ein Schiff dieser Art, bei dessen Bau nicht an Kosten gespart worden war, musste neue Geräte haben, die ihm vielleicht nicht vertraut waren. Ein Blick auf die Konsole zeigte ihm, dass es einige Hebel, Zifferblätter und Knöpfe gab, deren Verwendung ihm nicht bekannt war. Er ließ die Finger davon. Möglicherweise würde er einen SOS-Ruf auslösen.

Paddy wandte sich der breiten Couch zu und inspizierte seine glitzernde Beute. Fünf goldene Armbänder, jedes mit einer dünnen quadratischen Kapsel besetzt. Er stand beinahe ehrfürchtig davor. »Da ist der größte Schatz aller Zeiten, mit dem man sämtliche Reichtümer von Erde kaufen kann … und ich, Paddy Blackthorn, bin derjenige, der diese Klunker jetzt hat.

Aber jetzt wollen wir sie mal aufmachen und sehen, wie man den Raumantrieb in diese glänzenden Röhren hineinbringt, damit es beim nächsten Mal keine Explosion gibt …«

Er ließ den Verschluss der ersten Kapsel aufspringen und holte ein winziges Stück Pergament heraus. Darauf stand mit dicken badaischen Buchstaben:

Die Kamborogische Pfeilspitze Suite 10
Die Neigung des törischen Menschen Seite 100

Paddy hob die Brauen. »Was soll das?« Er war wie vom Donner gerührt. War es ein kolossaler Irrtum?

»Na schön, schauen wir weiter«, sagte Paddy. Er öffnete die Kapsel des zweiten Armbands.

Wie die erste enthielt auch sie ein Pergament.

Aber es war mit pherasischer Schrift bedeckt, die er nicht lesen konnte. Er öffnete die dritte Kapsel. In der ordentlichen Keilschrift der Shauls stand da:

Corescens, die hintere Wand.
Drei nach oben, zwei zur Seite
Bestrahle mit 685,1444,2590,3001 Angström.
Fotografie.

Paddy stöhnte und öffnete das vierte Band. Darin war ein Schlüssel, in den loristanische Linien und Kreise eingraviert waren. Sonst nichts. Paddy schleuderte es beiseite.

Das Pergament in Kotonisch lautete:

Die Ebene von Thish, wo Arma-Geth
die Helden zeigt den staunenden Sternen.
Unter meiner mächtigen rechten Hand.

Paddy warf sich auf die Couch. »Eine verfluchte Schnitzeljagd ist das!«, rief er. »Und für diese armseligen Hinweise habe ich mein Leben riskiert. Na schön, bei Fergus, ich schmeiße alles raus und das wars dann!«

Aber er faltete die vier Pergamente fein säuberlich um den Schlüssel und legte alles in die Kapsel eines Goldbandes, das er sich ums Handgelenk band.

»Und jetzt nach Hause«, dachte Paddy. »Ruhe und Friede und ein Ende mit dieser Streunerei durchs Weltall, aber andererseits ...« Er rieb sich das Kinn. Er war keineswegs in Sicherheit. Um Haaresbreite war er vom Asteroiden entkommen, aber die Schiffe der Langtry schwirrten im All umher wie die Wespen in einem Schuppen.

Von hinten drohte keine Gefahr. Doch was war mit den Abfängern? Raumwellennachrichten flogen so schnell wie Gedanken. Die Beschreibung des Schiffs und Paddys Koordinaten würden jeden Posten im Weltraum erreichen. Paddy würde die Jagdbeute des Universums sein. Gewöhnliche Missetaten würden unverfolgt bleiben, während die Obrigkeit die Welten nach Paddy Blackthorn durchkämmte.

Seine Hochstimmung schwand, ihm wurde unbehaglich. Vor seinem geistigen Auge sah er die Plakate in jedem Saloon, in jedem Postamt, jeder Transportagentur des bekannten Universums hängen – mit seinem Bild und der Aufschrift:

GESUCHT – *wegen interplanetaren Verbrechens!*
Paddy Blackthorn, Erdling. *Gefährlich!*
Größe ein Meter achtzig;
Gewicht einundachtzig Kilo;
Alter ungefähr dreißig;
rotbraunes Haar;
helle Augen;
gebrochene Nase.

»Und außerdem werden dort meine Fingerabdrücke stehen, mein Zungenabdruck, mein Psychogramm«, murmelte Paddy vor sich hin. »Sie werden jedes Haar auf meinem Kopf beschreiben, und dann schreiben sie darunter: ›Fangt den Verbrecher und nennt euer Kopfgeld.‹ Ich bin verflucht, der Teufel hält die Pranke auf mir. Für mich ist auf Erde kein Zufluchtsort, für mich gibt es nur den Schwarm der Diebe – aber für wie lange?«

Er wühlte sich durch den Kartenindex, fand den richtigen Kode, drückte auf die Knöpfe und durch eine Reihe von Linsen tauchte vor ihm die Projektion der Sphäre des Raums auf, die den Schwarm der Diebe umgab.

Am Rand zeigte ein blau schimmerndes Licht seine eigene Position an, wobei ein weißer Pfeil den Vektor seiner Position und den Kurs angab. Paddy seufzte und änderte den Kurs behutsam, bis der Vektor auf den Schwarm der Diebe gerichtet war.

Dann schaltete er den Raumfunk an. Ein Stakkato chiffrierter Nachrichten. Lass sie wüten, dachte Paddy. War er erst einmal im Schwarm der Diebe, konnten nicht einmal die Söhne von Langtry ihn von dort wegschleppen. Selbstverständlich konnten sie Agenten ausschicken um ihn zu ermorden. Aber würden sie das tun? Er war der einzige lebende Mensch, der zwar nicht das Geheimnis des Raumantriebs kannte, wohl aber wusste, wo das Geheimnis verwahrt wurde.

4 Der Schwarm der Diebe war eine Gruppe von acht Sonnen im Persischen Limbo, welche einen ganzen Haufen dunkler Sterne, Planeten, Planetoiden, Asteroiden, Meteoriten und sonstigen Raummüll aufgelesen hatte. Zwischen den hunderttausend Satelliten konnte ein Mensch untertauchen und sich verstecken wie ein Hund in einem Brombeergebüsch.

Wenn er für das Leben auf einem besiedelten Planeten nichts übrig hatte, wenn er sich sein Essen bezahlen und sich schützen konnte, dann konnte er in diesem Gedränge kleiner Welten ohne Angst vor der Justiz der Zivilisation leben.

Im Schwarm der Diebe gab es kein Gesetz, abgesehen in Eleanor auf dem Zentralplaneten Pik-Ass. Hier existierte eine Art Regierung, eine Klasse von Menschen, die durch Angst und Verzweiflung gezwungen waren, zusammenzuarbeiten, eine Gesellschaft von Anti-Sozialen. Exekutiv-Komitee der Regierung war die Visagen-Gang unter Visagen-Pete, dem Bürgermeister von Eleanor.

In Eleanor wurde das strengste Gesetz des Universums ausgeübt. Schaffte jemand es bis in Eleanors Raumfeld, konnte er mit der Beute auf der Brust in einer Gasse schlafen, und wenn er morgens aufwachte, war das Gold immer noch da. Der Apparat war schwerfällig und hart. Wenn jemand in Eleanor das Gesetz brach, nahm ihm die Gang das Leben.

Paddy glitt ungehindert durch den Ansturm der flammenden Sonnen und strahlenden Welten, endete an der Sumpfseite von Pik-Ass, fing das Schiff ab und flog schreiend mehrere Kilometer über den mit Schilf bedeckten Morast. Am Horizont tauchte ein Höhenzug aus schwarzem Fels auf. Er überflog ihn, dann lag Eleanor unter ihm am Fuß der Berge.

Er landete neben den Umbau-Docks, wo ein Doppel-Monitor von Badau halb auseinander genommen lag.

Er sprang aus seinem Schiff und rannte über das Landefeld, wo am Rand die abgestellten Schiffe standen. Bei einem Hydranten warf er sich zu Boden, drehte das Wasser auf und trank, trank, trank.

Ein Erdling, ein großer dunkler Mann mit schmalen gelben Augen, betrachtete ihn neugierig. »Wasser ausgegangen, Roter?«

Paddy stand auf und strich sich mit den nassen Händen übers Gesicht.

»Genau. Seit vier Tagen habe ich nur Krabben in süßem Sirup gegessen. Glaub mir, nach dem dritten Bissen ein ekliger Fraß.«

»Klingt scheußlich«, meinte der große dunkle Mann. Er nickte zum Schiff hin. »Netter Vogel, den du fliegst. Hast du vor, ihn zu verkaufen, oder willst du ihn behalten?«

Paddy lehnte sich gegen den Hangar. »Kannst du eine Zigarette erübrigen? Danke.« Er stieß eine große Rauchwolke aus. »Naja, was das Schiff betrifft – ich bin zurzeit nicht flüssig, deshalb werde ich es wohl verkaufen müssen. Was würde denn so ein Schiff bringen?«

Der Erdling kniff nachdenklich die Augen zusammen. »Hundertausend, vielleicht ein bisschen drüber. Sagen wir hundertdreißig.«

Paddy rieb sich das Gesicht. Die roten Bartstoppeln waren schon nachgewachsen.

»Hmmmm. Das Triebwerk allein ist auf Erde eine Million wert.«

»Hier ist nicht Erde, Roter.«

»Wenn das stimmt, was ich über die Preise im Schwarm gehört habe, ernährt mich das Schiff ungefähr einen Monat.«

Der Erdling lachte. »Ganz so schlimm ist es nicht. Hängt natürlich davon ab, welchen Service du willst. Die ›Casino Lodge‹ in der Napoleon Street ist ein teurer Schuppen. Wenn du was Billigeres willst, versuch's beim ›Bugspriet‹, unten an der Taschendiebgasse. Da ist es sauber, aber nicht zu elegant.«

Paddy dankte dem Mann. »Und vielleicht kannst du mir ja auch sagen, wo ich das Schiff am besten verkaufen kann, denn – ehrlich gesagt – habe ich keinen Cent in der Tasche.«

Der große Mann deutete über das Feld. »Wenn du ein schnelles Geschäft willst, geh durch die Tür mit der gelben Scheibe. Sag dem Canope-Mädchen, du möchtest mit Ike reden.«

Paddy verhandelte zäh. Beredsam schilderte er den Luxus und die Ausstattung des Raumschiffs.

»– früher gehörte es mal einem der höchsten Lords von Shaul! Wie ein privates Boudoir! Schlichtweg überwältigend, mein Freund Ike, und die Anti-Gravs sind so hochfrisiert, dass man überhaupt nicht merkt, wenn man den Boden verlässt ...«

Er verließ den Landeplatz mit einhundertfünfundvierzigtausend Mark in verschiedenen Banknoten – gelben, blauen und blaugrünen – und ging in Richtung Stadtzentrum. Er durchquerte den Stadtteil mit den Lagerhäusern, Second-Hand-Shops und billigen Pensionen. Dann stieg er eine leichte Anhöhe hinauf und gelangte ins Viertel der Restaurants, Kneipen und Bordelle.

Weiter oben standen die Hotels aus Beton und Glas, in denen Stammgäste und Exilanten residierten, schräge Vögel wie Schmuggler, Schiffsdiebe und Spione. In der Stadt herrschte reges Treiben, auf den Straßen schlenderten Menschen aller Rassen und Varianten umher: Typen der ersten Entwicklungsstufe wie die Canopes, Maeves, Dyoks, die sich nur in wenigen Details unterschieden, gefolgt von der gesamten metamorphologischen Skala. Die Shauls und Kotons, Labiriten und Grün-Rassins und die Alpheratz-Adler, hager, klug, knochig wie Reiher, ferner die koboldartigen Asmasianer und die fetten buttergelben Loristaner.

Paddy nahm gemächlich eine Mahlzeit in einem Restaurant im Stil Erde ein. Dann ging er über die Straße zu einem Barbier, ließ sich rasieren und die Haare schneiden. In einem Bekleidungsgeschäft deckte er sich mit frischer Unterwäsche, einer dunkelblauen Kombination und weichen Stiefeln ein.

Die Besitzerin war eine uralte Loristanerin, deren jugendliches Gelb zu einem Kastanienbraun gedunkelt war. Als Paddy zahlte, lehnte er sich vertraulich über die Theke und zwinkerte ihr zu.

»Und wo könnte ich hier einen guten Schönheitssalon finden, meine weise Schöne?«

Die alte Frau gab ihm das Wechselgeld zusammen mit den Ortsangaben. »Eine Treppe hoch, den Korridor hinunter. Der Doktor gibt dir ebenso leicht ein neues Gesicht, wie ich dir Kleidung.«

Paddy ging nach oben, schritt einen langen Korridor mit vielen billigen Holztüren ab. Auf jeder Tür war ein Namensschild. Galtee-Stauerei; Chiutt-Sprengstoffe; Petagni und Dha – Loristanische Finanzberater; Ramadh Singh – Bestattungen und Versicherungen, Bestattung überall; Dr. Ira Tallogg, Dermatologe.

Drei Stunden später war Paddy ein neuer Mensch. Sein Haar war schwarz wie Optichrom B. Die Nase war nicht mehr gebrochen und ähnelte stattdessen der, die Paddy in seiner Jugend gehabt hatte. Selbst seine Finger hatten neue

Spitzen bekommen, auch die Zunge war leicht genäht worden, wodurch sich seine Stimme und das Oberflächenmuster veränderten.

Paddy betrachtete den neuen Mann in dem großen Spiegel. Hinter ihm stand stumm der Arzt – ein fetter, sauber rasierter Erdling mit saurer Miene.

Paddy drehte sich um. »Wieviel, Doktor?«

»Fünftausend Mark.«

Als Paddy das Geld hinzählte, traf ihn plötzlich die Erkenntnis, dass der Arzt das einzige Verbindungsglied zwischen dem Alten und dem Neuen war. »Wieviel für die Operation und wie viel, damit Sie den Mund halten?«

»Nur ein Preis«, antwortete der Arzt. »Ich rede nicht. Gefragt werde ich ständig. In Eleanor gibt es mehr Spione als in Novo Mondo. Ich muss nur einmal den Mund aufmachen, dann bin ich erledigt. Die Visagen-Gang würde mich innerhalb eines Tages haben.«

Paddy studierte sein neues Profil. »Würden Sie für eine Million Mark und eine Freifahrt zur Erde reden?«

»Die Antwort ist schwierig«, sagte der Arzt misstrauisch. »So etwas hat mir noch niemand geboten.«

Paddy beugte den Kopf und blickte an der Nase entlang auf das verkürzte Spiegelbild. Der Arzt verknüpfte den rothaarigen Flüchtling von Akhabats und den dunklen Mann aus dem

Nichts wie mit dem Istzeichen einer Gleichung. Und in Eleanor wimmelte es vor Spionen, wie er selbst erklärt hatte.

Also wenn er, Paddy Blackthorn, der Chef des Geheimdiensts auf einer der Langtry-Welten wäre, würde er einen Mann auf dem Landefeld in Eleanor postieren, vielleicht gegen einen Hangar gelehnt. Wenn dann ein Mann in einem Schiff mit Glaskuppel landete, würden sich viele Räder in Bewegung setzen.

Sie würden wissen, dass er eine blaue Kombination gekauft hatte, ehe er wieder auf der Straße auftauchte. Wahrscheinlich würden sie auch von seinem Arztbesuch erfahren. Bis jetzt war sein neues Äußeres unbekannt. Er war immer noch namenlos. Solange er namenlos und unbekannt war, konnte er in der Menge der stummen grauen Männer, die hier kamen und gingen, sicher sein.

Der Arzt war das Verbindungsstück. Man würde sich an ihn wenden, ihn vernehmen, ihm riesige Bestechungssummen und Generalamnestie für sämtliche Vergehen der Vergangenheit bieten.

»Doc«, sagte Paddy freundlich. »Haben Sie eine Hintertür?«

Der Doktor hatte begonnen, die Instrumente wegzuräumen. Er blickte auf. »Hintere Feuerleiter«, antwortete er lakonisch.

Die würde Paddys Meinung nach beobachtet

werden. Er beäugte den Arzt nachdenklich. Er durfte niemandem trauen. Was bedeuteten schon eine Million, zehn Millionen, hundert Millionen für ihn oder die Lantry-Welten? Der Reichtum des Universums, der Reif des Imperiums umschloss sein Handgelenk.

Er sollte den Doktor töten. Er sollte, brachte es jedoch nicht fertig. Der Arzt las den Gedanken in seinen Augen und zog sich zurück. Dann sah er die Ablehnung und entspannte sich wieder. Andere hatten ihn mit den gleichen Blicken gemustert, deshalb trug er eine Waffe in der Tasche.

Paddy ging zum Fenster und schaute auf die triste Gasse. Auf der gegenüberliegenden Seite war eine kahle Wand mit Schmutzstreifen und ein heimischer roter Schwamm hatte seine Flecken gebildet.

Paddy fühlte sich in der Falle. Sie wussten, wo er war. Jede Minute musste er mit einer Kugel rechnen, oder mit einer Entführung und dem Nervenanzug. Ein Leben lang im Nervenanzug! Er bekam Gänsehaut. Es war ein Fehler gewesen, auf Pik-Ass zu landen. Sobald er einen Fuß auf den Planeten gesetzt hatte, war seine Anwesenheit gemeldet worden. Langtry-Agenten würden wie die Hunde über ihn herfallen.

Aber irgendwo hatte er irgendwann landen müssen! Paddy dachte an die Krabben in Sirup und verzog das Gesicht. Kein Wasser, kein Essen – Erde wäre, wenn überhaupt, kaum besser gewesen. Von Erde wäre er sofort nach der Landung ausgeliefert worden, und ein bestochener Magistrat hätte ihn mit seiner Geschichte verlacht.

Er wandte sich vom Fenster ab und musterte den kleinen Raum mit der Sitzgruppe und der spindeldürren blauen Lethepflanze, den Operationstisch, die Regale mit den Instrumenten und den Schränken voller Flaschen. Die Wände bestanden aus billigem Pressholz, ebenso die Decke.

Paddy ging zur Tür. »Ich gehe jetzt, Doc, aber vergessen Sie nicht: Ich werde erfahren, wenn Sie plaudern, und das werden Sie bedauern.«

Der Arzt schien sich nicht beleidigt zu fühlen, wahrscheinlich hatte er die gleiche Drohung von allen Patienten gehört. Er nickte nur, und Paddy ging. Hinter ihm wurde die Tür verriegelt.

Paddy blickte sich auf dem leeren Korridor um. Es roch nach saurem Firnis, die Ecken waren voll Staub. Neben der Arztpraxis war das Büro von Ramagh Singh, dem Bestattungsunternehmer. Paddy legte das Ohr an die Glasscheibe in der Tür. Es war später Nachmittag. Das Büro schien leer zu sein. Paddy probierte die Tür – verschlossen.

Wieder schaute er sich im Korridor um. Auf Erde würde er keine Sekunde zögern. Auf Pik-Ass wurde einer, der im Kartenspiel betrog, mit dem Kopf nach unten aufgehängt, die Knöchel an einen hohen Balken genagelt. Ein Einbrecher wurde bei der Ergreifung erschossen.

»Die Verlockung des Goldes führt mich an die Schwelle des Verbrechens«, murmelte er vor sich hin. Dann stemmte er sich mit der Schulter gegen die Scheibe. Das Glas löste sich an der unteren Ecke aus der Fassung. Paddy griff hinein, zog den Riegel zurück, schob die Tür auf und trat ein.

Das Büro war sehr klein, ausgestattet mit einem Schreibtisch, einem Tisch mit Miniatursärgen und Urnen zu unterschiedlichen Preisen, einem kleinen Mnemiphot, einem alten Bildschirm. An der Wand hingen ein Kalender und das Gruppenfoto einer Familie vor einem kleinen Holzhaus, offensichtlich auf Erde.

Paddy durchquerte den Raum und legte das Ohr an die Seitenwand. Auf der anderen Seite hörte er leise Bewegungen – der Doktor räumte seine Praxis auf.

Rechts von Paddys Ohr befand sich ein kleiner Wandschrank. Er schaute hinein. Ein Tank mit Nebelreiniger und ein eingebauter Medizinschrank. Er öffnete diesen und holte Ramadh Singhs Salben, Räucherstäbchen und Lotionen heraus.

Danach war nur noch die dünne Wand zwischen Paddy und der Praxis.

So, jetzt werden wir ja sehen, was passiert, dachte Paddy. Wenn man mir gefolgt ist, werden sie sofort neugierig heraufkommen, um zu sehen, wo ich bin. Wenn sie den Doktor befragen, erfahre ich das Schlimmste und bin vorbereitet.

Er hörte Stimmen und presste das Ohr an die Wand. Der Doktor hatte einen Patienten – eine raue Stimme, wie die eines Asmasiers. Er litt unter einem Hitzeausschlag, der Arzt gab ihm eine Packung Sal-Negativ. Offenbar wieder ein Patient, der unter ionischen Verbrennungen litt.

Nach einer Wartezeit von zwanzig Minuten kam wieder ein Patient, dann nach weiteren zwanzig Minuten der nächste. Paddy hörte eine Frauenstimme voll runder weicher Obertöne. »Sind Sie Dr. Tallogg?«, fragte die Frau.

Es folgte eine Pause. Paddy sah die saure Miene direkt vor sich. »Ja, bin ich.«

»Dr. Tallogg«, sagte die Frau. »Wissen Sie, dass ihr Bruder, Dr. Clement Tallogg, Sie sucht?«

Langes Schweigen folgte. Schließlich antwortete der Arzt mit gedämpfter Stimme. »Ich habe keinen Bruder. Was wollen Sie?«

»Ich möchte Ihnen fünfhunderttausend Mark geben. Das ist eine halbe Million.« Sie machte eine Pause und ließ die Zahl wirken. »Ich möchte Sie mit nach Paris nehmen. Wir können in fünfzehn Minuten abfliegen. Wenn wir dort eintreffen, werden Sie feststellen, dass Ihr Bruder an Ihrem Aufenthaltsort nicht mehr interessiert ist, dass eine Reihe gewisser Bücher gefunden wurde. Das alles kann ich arrangieren. Als Gegenleistung möchte ich nur ein paar Informationen.«

Wieder eine lange Pause. Paddys Augen verengten sich. Schweiß lief ihm über die Rippen. Was für eine Versuchung für einen Mann! Nach Hause, Reichtum, die süße Milch der Freundschaft – wie sollte der Arzt widerstehen? *Er* würde nicht widerstehen.

»Was für Informationen?«, kam die Frage mit gedämpfter Stimme.

»Ein großer rothaariger Mann, etwa dreißig Jahre alt, hat das Gebäude betreten und ist in Ihre Praxis gegangen. Man hat nicht gesehen, dass er wieder gegangen ist. Wahrscheinlich haben sie sein Aussehen verändert, ihm vielleicht sogar eine Möglichkeit genannt, unbemerkt auf die Straße zu gelangen. Ich möchte eine genaue Beschreibung dieses Mannes, sein neues Äußeres, seine neuen Koordinaten und was Sie über seine zukünftigen Pläne wissen.«

Paddy hielt während des folgenden Schweigens den Atem an. Es währte eine volle Minute.

»Zeigen Sie mir das Geld.«

Es kam ein dumpfes Klatschen. »Hier ist es.«

»Und – die anderen Dinge?«

»Dafür müssen Sie sich mit meinem Wort begnügen.«

Der Arzt protestierte kurz. Dann wieder Stille.

»Hier«, sagte der Doktor. »Schlucken Sie das.«

Zögern.

»Was ist das?«

»Es ist eine der asmasischen Folterdrogen.

Wenn innerhalb einer Stunde die Antidosis genommen wird, kommt es zu keiner Schädigung. Wenn nicht, werden Sie unter Schmerzen sterben. Sobald Sie mich an Bord dieses Schiffes gebracht haben, gebe ich Ihnen die Antidosis.«

Die Frau lachte. »Wirklich ein seltsamer Zufall. Auch ich habe dieses Foltergift bei mir. Wenn Sie meine Dosis schlucken, nehme ich Ihre – dann sind wir beide geschützt.«

»Das klingt fair.«

Geräusche. Klicken. Noch ein Klicken. Dann hörte Paddy wieder die langsame leidenschaftslose Stimme des Arztes.

»Der rothaarige Mann hat jetzt schwarze Haare – wie ein Südländer. Hier – so sieht der Prototyp aus. Er kommt dem Bild sehr nahe. Sie können es behalten. Er trägt eine blaue Kombination und weiche Stiefel. Er spricht mit leichtem Akzent, den ich aber nicht genau bestimmen kann.

Über seine Vergangenheit oder Zukunft weiß ich nichts. Seine Fingerabdrücke –« Papier raschelte. »Hier, diesen Satz habe ich ihm gegeben. Er hat meine Praxis vor ungefähr einer oder anderthalb Stunden verlassen. Ich habe keine Idee, wohin er gegangen ist.«

»Haben Sie ihn durch einen Geheimgang hinausgelassen?«, fragte die Frau.

»Nein«, antwortete der Doktor. »Es gibt eine Tür, die zum Keller führt. Von dort aus kann man auf die Straße gelangen. Das wissen viele nicht, aber ich habe ihn nicht hingeführt. Er ist einfach bei mir hinausspaziert und hat die Tür hinter sich geschlossen.«

»Man hat ihn nicht fortgehen sehen«, meinte die Frau nachdenklich.

»Dann ...«, begann der Doktor. Paddy zog sich schnell aus dem Wandschrank zurück, schob Ramadh Singhs Tür auf und schlich sich auf den Korridor zu Dr. Talloggs Tür. Diese schob er einen Spaltbreit auf. Das freudlose Wartezimmer war leer. Aus dem Behandlungsraum drangen Stimmen.

Paddy bewegte sich wie in einem dunklen Traum vorwärts. Er trat ein und schob die Tür lautlos auf.

Er besaß keine Waffe, deshalb musste er vorsichtig vorgehen. Er ging durchs Zimmer und sah eine Schulter in graugrüner und eine Hüfte in dunkelgrüner Kleidung. An der Hüfte hing ein Beutel. Wenn die Frau eine Waffe bei sich führte, würde sie in diesem Beutel sein.

Paddy trat vor, schlang einen Arm um die Kehle der Frau und griff mit der freien Hand in den Beutel. Er holte eine Ionen-Pistole heraus und richtete sie auf den Arzt.

Dieser hielt seine Waffe in der Hand. Er hielt sie, als wäre sie glühend heiß, als wäre er nicht sicher, worauf er zielen sollte.

»Legen Sie die Waffe weg!«, befahl Paddy mit

einer Stimme wie eine eiserne Glocke. »Weglegen, habe ich gesagt!«

Der Doktor schaute ihn mit beinahe komischer Unschlüssigkeit an. Paddy schob die sich wehrende Frau vorwärts, streckte die Hand aus, nahm dem Arzt die Waffe aus den reglosen Fingern und schob sie sich in die Tasche. Die Frau konnte sich dabei befreien. Mit offenem Mund und riesigen schwarzen Pupillen starrte sie Paddy an.

»Ruhig!«, warnte Paddy. »Ich bin ein verzweifelter Mann. Ich schieße, wenn ihr mich dazu treibt.«

»Was wollen Sie?«, fragte Tallogg ruhig. Er benahm sich jetzt mit der Gleichgültigkeit eines zum Tode Verurteilten.

Paddy grinste übers ganze Gesicht. »Erstens, Doc, werden Sie mich und diese Lady durch den Geheimgang auf die Straße geleiten.«

Die Frau straffte die Schultern, wollte etwas sagen, besann sich dann eines Besseren und musterte Paddy nachdenklich mit gerunzelter Stirn.

»Vielleicht tue ich das, vielleicht auch nicht«, antwortete der Doktor. Er deutete auf die Ionen-Pistole. »Sie haben doch ohnehin vor, mich zu erschießen.«

Paddy zuckte mit den Schultern. »Ich werde nicht schießen. Wir setzen uns hierhin und reden. Glauben Sie mir, ich bin ein großartiger Redner.

Ich werde Ihnen von der Grand Rally auf Skibbereen erzählen, dann stundenlang über Fionn und Diarmuid. Dann gibt es noch Miletus und die alten Helden.« Er schaute den Arzt strahlend an. »Was sagen Sie dazu?«

Dem Doktor fiel der Unterkiefer herunter. »Ich nehme an, ich verliere nichts, wenn ich Sie hinausbringe«, sagte er resignierend.

Paddy wandte sich jetzt an die Frau. »Und Sie sollen mich in Ihr Schiff schaffen.«

»Also, jetzt hör mal zu, Paddy Blackthorn«, protestierte sie.

Er musterte sie genauer. Sie war jünger und viel kleiner, als er erwartet hatte. Kaum einen Meter sechzig und gertenschlank. Sie hatte ein schmales Gesicht und einen dunklen Pagenkopf. Abgesehen von den strahlenden dunklen Augen fand Paddy sie ziemlich durchschnittlich und keineswegs weiblich. Seinem Geschmack entsprachen die langbeinigen braunhaarigen Mädchen von Maeve, die gern lachten.

»Ich hasse es zu töten«, sagte Paddy. »Zum Glück für euch tue ich nicht mal einer Fliege etwas zu Leide, wenn sie mich nicht sticht. Also, wenn ihr ruhig und still geht, wird euch nichts passieren. Aber, denkt dran: Keine Tricks!«

Er nickte dem Doktor zu. »Sie zuerst!«

»Habe ich Sie recht verstanden, dass Sie nicht die Absicht haben, mich zu erschießen?«, fragte der Arzt.

»Einen Dreck verstehen Sie«, fuhr Paddy ihn an. »Los, gehen Sie schon!«

Der Doktor spreizte hilflos die Hände. »Ich wollte lediglich sagen, dass ich, wenn wir gehen, die Antidosis gegen das Foltergift mitnehmen will, das ich der jungen Frau gegeben habe. Wenn ich ihre nicht habe, gibt sie mir meine nicht.«

»Geben Sie mir das Zeug«, sagte Paddy.

Tallogg zögerte und schaute zweifelnd die junge Frau an.

»Wenn ich es nicht bekomme, bleibe ich hier sitzen, bis sie vergiftet umkippen«, erklärte Paddy.

Der Arzt ging zu einer Schublade und reichte Paddy eine kleine Flasche.

Paddy schaute die Frau an. »Und jetzt deins.«

Wortlos warf sie ihm ein Fläschchen zu. Die Augen des Doktors folgten ihm sehnsüchtig auf dem Bogen durch die Luft.

»So, und jetzt Bewegung!«, befahl Paddy. »Ihr seid beide zum Tode Verurteilte, wie ich im Gefängnis auf Akahbats. Der Unterschied ist nur, dass ich ein ehrlicher Dieb war. Ihr beide seid Verräter an eurer alten Mutter Erde.«

Der Doktor führte sie auf dem sauer riechenden Korridor. Er ging langsam und hoffte offenbar auf einen Zwischenfall. »Und sollte es Ärger geben, Doc, dann zerschmeiße ich beide Flaschen auf dem Boden«, sagte Paddy freundlich lächelnd. Der Doktor beschleunigte seine Schritte. Er öffnete eine schmale Tür und führte sie eine feuchte Steintreppe hinunter, wo es nach irgendeinem namenlosen Pik-Ass-Schimmel roch.

Nach zwei Treppen erreichten sie den Keller unterhalb des Kleiderladens, der lang und niedrig war und durch uralte Leuchtstoffröhren erhellt wurde. Alte verstaubte Schränke warfen lange dunkle Schatten und bargen wertloses Zeug, das man über die Wahnsinnsentfernungen im All hergeschafft hatte und das jetzt in einem Keller verfaulte.

Schweigend und möglichst leise bewegten sie sich durch den Keller, wobei sich auf dem durcheinander gewürfelten Hintergrund seltsame Silhouetten ergaben. Paddy grinste. Sie wagten nicht ihn anzugreifen, auch nicht zu rennen. Er hatte sie durch die Pistole und das Gift doppelt im Griff.

Der Doktor blickte auf seine Armbanduhr. »Fünfzehn Minuten«, sagte er mit belegter Stimme. »Danach hilft uns die Antidosis nichts mehr.« Mit heißen Augen blickte er Paddy an und wartete auf Antwort.

Paddy winkte ihm stumm weiterzugehen. Der Doktor kletterte auf eine Bank und stemmte sich gegen eine schräge Tür. Sie schwang auf und ließ einen schmalen Lichtstrahl in den Keller. Der Doktor blickte nach links und nach rechts, dann winkte er ihnen mit dem dicklichen Arm.

»Kommt herauf, alles klar.«

Er ging hinauf, die Frau folgte ihm, dann – vorsichtig – Paddy. Sie standen auf dem Boden eines Lichtschachts zwischen zwei Gebäuden. Ein zwei Fuß breiter Spalt führte auf die Straße.

»Wo ist das Raumschiff?«, fragte Paddy die Frau.

»Auf der staubigen Ebene im Norden der Stadt.«

»Dann los.«

Sie schlichen zwischen den Häusern hindurch auf die dunkle Straße. Der Doktor wandte sich nach rechts und führte sie durch die armseligen Lehmhütten des Viertels der Asmasier. Bei einem Lichtfleck blieb er stehen und schaute auf die Uhr.

»Zehn Minuten«, sagte er zu Paddy. »Haben Sie gehört? Zehn Minuten!«

Paddy bedeutete ihm weiterzugehen. Der Doktor seufzte und gehorchte. Sie gelangten in freies Gelände hinter der Stadt, wo offene Abwasserkanäle verliefen und der unerwünschte Schrott von tausend gestohlenen Schiffen abgeladen war. Ab und zu ragte die Hütte einer Kreatur daraus hervor, deren Gewohnheiten so abstoßend waren, dass selbst die toleranten Menschen in Eleanor sie nicht duldeten.

Endlich erreichten sie eine Ebene mit weißem vulkanischem Staub, der im Licht der Planeten um Pik-Ass dunkelgrau aussah. Die Stadt Eleanor lag hinter ihnen, ein hässlicher Fleck mit weißen und gelben Lichtpunkten.

Paddy spähte über das Feld und suchte die dunklen Umrisse des Raumschiffs. Wütend blickte er die Frau an. Der Doktor warf wieder einen Blick auf die Uhr. »Noch ungefähr eine Minute ...«

»Ich habe ein Raumschiff«, erklärte die Frau mit triumphierender Stimme. »Es ist nicht hier, sondern auf dem Hauptfeld. Du bluffst, Paddy Blackthorn. Du willst mein Raumschiff mehr als ich mein Leben. Und jetzt stelle *ich* die Bedingungen. Du musst sie akzeptieren oder mich umbringen.«

»Gut, dann töte ich dich.« Paddy holte die Waffe heraus.

»Und damit dich selbst. Es kommen Langtry-Agenten in ganzen Schiffsladungen nach Eleanor. Sie wissen, dass du hier bist. Sie werden dich innerhalb von vier Stunden ergriffen haben. Du kannst dich nicht verstecken, und du kannst nicht weg. Ich bin deine einzige Chance. Arbeite mit mir zusammen, dann gewinnen wir beide – und Erde gewinnt. Weigere dich und wir sterben beide – und Erde verliert, denn ehe sie dich töten, bekommen sie, was sie von dir wollen.«

Paddy stand wütend da. »Ah, du intrigantes Weib, du hast mich wie Cuchulinns Ziege. Du hast immer noch die Unverschämtheit zu behaupten, Erde zu dienen?«

Sie lächelte in der Dunkelheit. »Du glaubst mir nicht? Noch nie von der Erd-Agentur gehört?«

Der Doktor wimmerte: »Die Antidosen! Schnell, Mann, sonst sind wir tot.«

»Komm her«, sagte Paddy mürrisch. Er packte die Frau und tastete sie nach Narben ab, die von einer etwaigen Amputation der Hautlappen stammen könnten. »Nein, eine Shaul bist du nicht. Und bestimmt keine Adler oder Badau. Für eine Koton bist du nicht weiß genug – ganz zu schweigen von den Augen – und für eine Loristanerin nicht gelb genug. Im Grund genommen ist es müßig, sich über deine Rasse Gedanken zu machen. Du könntest dich allen angedient haben.«

»Ich arbeite für die Erd-Agentur«, erklärte die Frau. »Es ist deine letzte Chance. Gib mir die Antidosis, sonst werde ich sterben und du auch, und die Langtry-Welten werden für den Rest der Zeit über das Universum herrschen. Es kommt nie wieder eine Chance wie diese, Paddy Blackthorn.«

»*Schnell*!«, schrie der Doktor. »*Schnell!* Ich spüre schon die …«

Verachtungsvoll gab Paddy ihnen die Fläschchen. »Na gut! Rettet eure armseligen Leben und lasst mich in Ruhe.« Er machte auf dem Absatz kehrt und marschierte über den staubigen Boden davon.

Da hörte er die Stimme der Frau hinter sich. »Warte eine Minute, Paddy Blackthorn. Willst du Pik-Ass nicht verlassen?«

Paddy sagte kein Wort, sondern lief einfach blind vor Wut weiter.

»Ich habe ein Raumschiff!« Sie rannte ihm hinterher und holte ihn ein. »Wir nehmen das Geheimnis des Antriebs mit zur Erde«, stieß sie keuchend hervor.

Paddy wurde langsamer und blieb stehen. Er schaute in ihre großen dunklen Augen. Dann gingen sie gemeinsam zurück zum Doktor, der verloren dastand. Paddy packte den Doktor bei den Schultern.

»Hör zu, Tallogg. Du hast die halbe Million, die du dafür bekommen hast, dass du mich verkauft hast. Kauf dir heute Abend ein Schiff – jetzt gleich. Verlasse den Planeten. Wenn du es bis Erde schaffst, kannst du das Schiff verkaufen und bist ein reicher Mann. Hörst du mich?«

»Ja«, antwortete der Doktor nur. Seine Schultern hingen herab wie unter einem Joch.

»Dann geh«, sagte Paddy. »Und wenn du die alte Erde liebst, dann kehre nicht in deine Praxis zurück. Geh überhaupt nicht mehr dorthin.«

Der Doktor murmelte etwas Unverständliches, ging los und war kurz darauf nur noch ein Punkt auf dem grauen Feld. Dann war er verschwunden.

Paddy schaute ihm nach. »Ich hätte ein Loch in ihn brennen sollen. Damit hätte ich uns viele Sorgen um die Zukunft erspart.«

»Lass das«, sagte die Frau. »Gehen wir und machen uns auf den Weg zur Erde.«

»Na schön.« Paddy seufzte. »So hatte ich es eigentlich nicht geplant.«

»Sei froh, dass du noch lebst«, sagte die Frau. »So, und jetzt wollen wir gehen.«

Über eine Abkürzung gelangten sie zum Startfeld und schlichen sich außen herum zu ihrem Raumschiff. Paddy musterte das Schiff misstrauisch von einem Ende bis zum anderen.

»Für uns zwei wird es ziemlich eng werden, glaube ich. Also eine anständige junge Frau mit gutem Ruf möchte vielleicht nicht so ...«

»Mach dir deshalb keine Gedanken, Paddy Blackthorn«, unterbrach sie ihn. »Du hältst deinen Abstand und ich meinen. Auf meinen guten Ruf kann ich gut selbst achten.«

»Heiliger Patrick«, murmelte Paddy. «Wer will schon so eine Kratzbürste, die nicht mal hübsch ist, anfassen? Na schön – ins Schiff mit dir. Möge der Beste gewinnen.«

Als sie die Einstiegsluke öffnete, fiel von hinten ein Lichtstrahl auf sie. Ein Mann sagte mit heiserer Stimme: »Moment mal, Moment mal!«

Paddy fasste die Frau an der Schulter und schob sie hinein. Er wollte folgen. »Los, herkommen!«, sagte der Heisere. »Oder ich schieße!«

Paddy drehte sich um und zielte mit Talloggs Pistole auf das Licht. Sein Strahl traf ins Schwarze. Im Schein der umherspritzenden orangeroten Flammen vom kurz geschlossenen Energieaggregat sah Paddy einen Moment lang das Gesicht des Mannes: Es war der schmaläugige Kerl, der am Hangar gelehnt hatte, als Paddy auf dem Raumfeld gelandet war. Sein Gesicht war schmerzverzerrt. Die Lampe verlöschte, und der Mann schien in sich zusammenzusinken.

»Schnell!«, zischte die junge Frau. »Es sind bestimmt noch mehr da!«

Paddy sprang ins Raumschiff. Sie verschloss die Luke, lief zum Pilotensitz, legte den Energieschalter um – und dann erhob sich das Raumschiff in den aschgrauen Himmel von Pik-Ass.

5 Sie schwebten hinauf in den Glanz der acht Sonnen, die unterschiedlich weit entfernt um Pik-Ass am Himmel verstreut waren.

»Beobachte das Feld durchs Teleskop«, sagte die Frau.

Paddy blickte hindurch. »Mehrere Schiffe starten.«

»Spione.« Sie drückte sich in den Schalensitz und richtete den Schiffsbug auf einen der schwarzen Flecke zwischen dem Gedränge der Sonnen, Planeten und Planetoiden. »Los geht's.«

Paddy beugte sich blitzschnell vor. »He, das ist gefährlich, Weib! Da draußen fliegt jede Menge Zeug herum.«

Aber der Schwarm der Diebe lag bereits weit hinter ihnen, und er wurde etwas ruhiger. Ein, zwei Sekunden flogen sie dahin – dann schaltete sie die Energie ab. Ein Relais klickte, der Hebel des Triebwerks schnappte zurück. Der Schwarm der Diebe war nur noch ein funkelnder Punkt achtern.

Sie lenkte das Schiff in eine andere Richtung und wiederholte das Manöver. Der Schwarm der Diebe war ein heller Fleck. Wieder eine Drehung in einem riskanten Winkel, dann den Raumantrieb ausgeschaltet – und sie glitten hinaus in die interstellare Abgeschiedenheit.

Die Frau wandte sich jetzt dem Kommunikator zu. Misstrauisch sah Paddy ihr dabei zu. »Und was machst du jetzt?«

»Ich rufe die Agentur – über chiffrierte Raumwellen.« Sie legte einen Schalter um. Ein durchdringendes Pfeifen gellte in den Ohren. Sie schaltete es schnell ab und stellte fünf Skalen ein. Da ertönte eine Stimme: »EA ...EA...EA...«

»Fay Bursill 59206«, sagte die junge Frau. »Fay Bursill 59206.«

Eine Minute verging, dann meldete sich eine andere Stimme. »Leg los, Fay.«

»Ich habe Paddy Blackthorn hier an Bord.«

»*Gute Arbeit, Fay*!« Der Jubel war nicht zu überhören. »Wo bist du?«

»Ah – in etwa Aries 3500 oder 4000. Soll ich nach Hause kommen?«

»Du meine Güte, nein, bleib weg! Um das System kreisen die Schiffe beinahe Bug an Bug, und sie durchsuchen jeden, der sich nähert. Du würdest es nie schaffen. Aber, ich sage dir, was du tun kannst. Paddy soll –«

Die Stimme ging in einem schrillen Geheul unter, dass ihnen fast das Trommelfell platzte. »Schalte das Ding aus!«, brüllte Paddy. »Das ist doch nur noch Mist.«

Fay schaltete schnell aus. Die Stille war wie eine Salve.

»Störung«, stieß Fay grimmig hervor. »Sie haben die Frequenz erwischt.«

Paddy blickte sie zweifelnd an. »Haben sie gehört, was du gesagt hast?«

Sie schüttelte den Kopf. »Ich sehe nicht, wie

das möglich wäre. Der Kode wird jede Woche geändert. Und es ist leicht, die Meldung zu stören.«

»Wir sollten schnellstens von hier abhauen«, sagte Paddy. »Vielleicht haben sie uns aufgespürt.«

Fay schaltete die Energie ein. Stumm, mit verbissenem Gesicht saß sie da. Die Mundwinkel nach unten gezogen. Ein ernstes Wesen, dachte Paddy. Seltsam, ›fey‹ bedeutete im Schottischen so viel wie ›todgeweiht‹ oder ›übermütig‹. Irgendwie passte der Name Fay zu ihr.

»Jetzt können wir nirgends landen. Sie observieren jeden Hafen«, sagte Fay mit gerunzelter Stirn.

»Hätten wir nur Eleanor verlassen können, ohne gesehen zu werden, dann würden sie nicht wissen, wo ich bin«, meinte Paddy.

»Es sei denn, sie haben den Doktor erwischt. Und wie auch immer – sie gehen kein Risiko ein.« Sie schaute ihn an, und ihre Augen waren halb herausfordernd, halb altklug. »Und – kann ich jetzt mal diese Raumantriebs-Formel sehen, die mir so viel Ärger bereitet? Vielleicht können wir sie über die kodierte Frequenz an Erde senden – oder eine tote kleine Welt finden, wo wir sie verstecken können.«

Paddy lachte. »Junge Dame, Miss Bursill, oder wie du heißt, ich habe das Geheimnis des Antriebs nicht.«

»*Was*?« Die Augen in ihrem kleinen Gesicht

wurden noch größer. »Und weshalb dann dieser ganze Aufruhr? Du *musst* ihn haben.«

Paddy gähnte. »Die fünf Söhne haben niemandem getraut. Nicht einmal ihre Nachfolger, die neuen Söhne, wissen, was es ist, das ich da habe. Niemand im Universum weiß es – nur ich.«

»Gut, und was ist es?«, fuhr sie ihn ungeduldig an. »Oder willst du weiterhin den Geheimnisvollen spielen?«

»Bestimmt nicht!«, erklärte Paddy. »Der Typ bin ich nicht. Also, es handelt sich nicht um irgendwelche Anweisungen, wie man ein Raumtriebwerk zusammenbastelt. Ich habe einen Schlüssel und vier kleine Pergamentfetzen. Darauf stehen nur ein paar Adressen.«

Sie schaute ihn an. Eigentlich sieht sie doch gar nicht so übel aus, dachte Paddy. Sie hat wunderschöne lebhafte und intelligente Augen. Ihre Gesichtszüge waren nicht so verbissen, wie er es anfangs empfunden hatte, sondern fein, beinahe wie gemeißelt. Ja, in der Tat, ich habe schon hässlichere Mädchen gesehen, dachte er. Trotzdem war Fay für seinen Geschmack zu blass, zu bestimmt, zu unerotisch.

»Darf ich es sehen?«, fragte sie höflich.

Warum nicht, dachte Paddy. Er nahm das Goldband ab.

Ungläubig schaute sie ihn an. »Du trägst das an deinem Handgelenk?«

»Wo sonst?«, meinte Paddy spitz. »Ich hatte

nicht geplant, von einem schwarzen weiblichen Kobold entführt zu werden.«

Sie nahm die Pergamentstücke und den Schlüssel. Sie betrachtete das erste, das in pherasischer Schrift abgefasst war, die Paddy nicht lesen konnte.

Er sah, wie sie die Lippen bewegte. »He, kannst du dieses heidnische Gekritzel entziffern?«

»Selbstverständlich kann ich das lesen. Hier steht: ›28.3063 Grad Nord, 190.9995 Grad West. Unter dem Heiligen Zeichen.‹« Sie lachte. »Es ist wie eine Schnitzeljagd. Aber weshalb haben die Söhne die Anweisungen so seltsam abgefasst?«

Paddy zuckte mit den Schultern. »Ich nehme an, für sich untereinander. Falls einer von ihnen ums Leben käme, würden die anderen wissen, wo die Aufzeichnungen versteckt sind.«

»Wir sind nicht weit von Alpheratz entfernt«, meinte Fay nachdenklich.

Paddy starrte sie entgeistert an. »Dort rädern und vierteilen sie mich! Sie würden ihre Nervenanzüge aufbrauchen! Sie –«

»Wir könnten Touristen von Erde sein«, unterbrach Fay ihn kühl. »Wir machen die Langtry-Route. Alpheratz A, zurück in Pegasus nach Scheat, Andromeda runter – Dhil, Almach, Mirach. Tausende machen diese Reise. Wir könnten ein Paar in den Flitterwochen sein. Und dort suchen sie als Letztes nach dir. Nirgends bist du sicherer.«

»Keine Chance«, protestierte Paddy energisch. »Ich möchte lebend zurück nach Erde und diese Dinger jedem verkaufen, der sie haben will.«

Sie musterte ihn verächtlich. »Paddy Blackthorn, *ich* bin Kommandant dieses Schiffs. Das haben wir doch schon geklärt.«

»Ha«, rief Paddy. «Kein Wunder, dass du nie geheiratet hast. Möge Gott Mitleid mit dem Mann haben, der so eine Hexe bekommt. Bei deiner sturen Art will dich kein Mann.«

Fay lächelte ein wenig. »Nein? Bist du da so sicher, Paddy Blackthorn?«

»Also, eins steht fest«, erklärte Paddy. »Ich möchte unter keinen Umständen so eine schwarzhaarige Giftspritze wie dich haben. Da würde ich Tag und Nacht Whiskey trinken, um meinen Seelenfrieden zu finden.«

Sie schnaubte verächtlich. »Dann passen wir ja großartig zusammen. Und jetzt – Alpheratz A.«

Von Alpheratz A nach Alpheratz B flogen die Schiffe so dicht wie eine Ameisenkarawane. Sie brachten Schoten, Fasern, Leintücher, kristallisiertes Holz, Obst, Mehl, Pollen, Öl, Pflanzenperlen und tausend weitere Produkte von B's wunderbarer Vegetation auf die graue windige Welt von A. Zurück transportierten sie landwirtschaftliche Geräte und Proviant für die Dschungelarbeiter.

Paddy und Fay mischten sich, ohne Aufsehen zu erregen in den Schwarm der Raumfahrzeuge.

Sie senkten sich über der hellen Seite des Planeten. »Bist du schon mal hier gewesen?«, fragte Fay Paddy.

»Nein, meine Reisen haben mich nie so weit nach Norden geführt. Und so wie der Planet aussieht, wäre ich lieber wieder auf Akhabats. Dort ist es zwar auch trocken, aber der Planet hat zumindest blaues Wasser.« Paddy deutete auf die teleskopische Projektion auf dem Bildschirm. »Woraus könnte denn dieser Ozean bestehen? Vielleicht aus Schlamm?«

»Wasser ist es nicht«, erklärte Fay. »Es ist so etwas wie Gas. Es hat sämtliche Eigenschaften von Gas, aber es mischt sich nicht mit Luft. Es ist schwerer und setzt sich in Niederungen ab, wie Wasser oder Nebel – und die Luft liegt darüber.«

»Tatsächlich? Und – ist es giftig?«

Fay warf ihm einen Seitenblick zu. »Wenn du reinfällst, erstickst du, weil es keinen Sauerstoff gibt.«

»Dann ist das ja ein hervorragender Platz, um das Schiff zu landen. Mit etwas Glück finden wir es später sogar wieder.«

»Wir bleiben lieber bei unserem ersten Plan. Da fallen wir weniger auf.«

»Und angenommen, sie erkennen Paddy Blackthorn und seine schwarzhaarige Geliebte – bitte, versteh mich nicht falsch. Aber genau als das werden sie dich bezeichnen. Also, angenommen, sie erkennen uns und verfolgen uns, wäre es dann nicht prima, in den Ozean zu springen und unter ihren langen Nasen abzuzischen?«

Fay seufzte. »Wir machen einen Kompromiss. Wir verstecken das Schiff so, dass es nicht zugänglich ist. Aber wir gehen dahin nur zurück, wenn wir kein reguläres Touristenschiff nach Badau bekommen. Angenommen, dass wir erfolgreich landen.«

Paddy wandte sich der Planetenkarte zu. »Der richtige Platz ist direkt auf dem Rand dieser Klippe – Nordkap, heißt es, auf der Insel Kolkhorit.«

»Ich glaube deine Interpolationen hinken. Ich habe einen Punkt direkt hinter der Klippe«, meinte sie zweifelnd.

Paddy lachte. »Typisch Frau! Die weibliche Navigation führt uns direkt in den Ozean. Du wirst sehen, dass ich Recht habe«, versprach er. »Wir finden, was wir suchen, am Rand der Klippe.«

Sie schüttelte den Kopf. »Mein Punkt ist jenseits der Klippe.« Mit hochgezogenen Brauen musterte sie ihn von der Seite. »Was ist los?«

»Du bist zu autoritär, um einem aus der Linie der Blackthorn aus Skibbereen zu gefallen. Wir sind ein stolzer Clan.«

Sie lächelte. »Sie werden nie davon erzählen, wenn du es ihnen nicht sagst. Und ich erteile lediglich Befehle, weil ich effizienter und klüger als du bin.«

»*Ha*!«, schrie Paddy. «Du bist genauso eingebildet wie der Gefängniswärter der Shaul, der im Kopf Kubikwurzeln gezogen hat. Ein selten arroganter Mistkerl, und er leckt immer noch die Wunden, die ich ihm beigebracht habe. Ich behandle dich genauso, du schwarzhaariges Biest, wenn du deine Befehle nicht in einem anderen Ton gibst.«

Fay verneigte sich spöttisch. »Führe uns, o Sultan. Übernimm. Du bist der Boss. Mal sehen, wie du es schaffst.«

»Na ja.« Paddy rieb sich das Kinn. »Aber zumindest könnten wir doch die Dinge besprechen, nicht diese alleinherrscherischen Entscheidungen. Ich habe folgende Idee: Wir fliegen ganz dicht über diesem Gasozean und landen am Ufer, an einem stillen Strand in der Nähe der Klippe. Dann verschließen wir das Schiff, machen uns auf den Weg und sehen, was geschieht.«

»Klingt gut«, meinte Fay. »Dann nichts wie los!«

Die Oberfläche des Gasozeans sah seltsam aus, wie langsam kochendes Wasser. Die Farbe war schmutzig gelb wie öliger Rauch, und das gelbe Licht von Alpheratz drang nur einen guten Meter weit vor. Ab und zu riss der Wind eine große gelbe Zunge hoch, brachte sie zum Überschlagen und blies sie zurück.

Paddy brachte das Schiff ganz dicht über die Oberfläche und lenkte es vorsichtig in Richtung des lavendelblauen Massivs der Insel Kolkhorit. Plötzlich tauchte der Finger des Nordkaps im Dunst auf. Die Silhouette der Spitze war scharf umrissen.

Paddy änderte den Kurs, und das Kap ragte sogleich über ihnen auf. Ein Gesteinsgemisch aus Porphyr, Pegmatit und Granit. Er schaltete die Energie aus, und das Raumschiff schwebte dicht ans Ufer.

Unter ihnen erschien ein kleines Plateau, das von Felswänden aus grauem Gestein geschützt war und von dem brodelnden braunen Gas fast überflutet wurde. Paddy landete das Schiff auf der hintersten Ecke. Fünf Minuten später standen sie vor dem verschlossenen Schiff im kalten Wind auf dem Plateau.

Paddy ging an den Rand und blickte in den Nebel darunter. »Seltsames Zeug«, murmelte er. »Lass uns gehen.«

Sie kletterten über die Felsbarriere. Nach knapp hundert Metern stießen sie auf ein Kiesfeld, danach auf einen gut befestigten Weg. Fay zupfte Paddy am Ärmel.

»Adler – dort in den Felsen. Ich hoffe, sie haben uns nicht landen sehen.«

Die Adler näherten sich ihnen auf dem Weg. Es waren über zwei Meter große Menschenkreaturen mit ledriger Haut und kantigen Knochen, schmalen Schädeln mit sehr langen Nasen, kleinen roten Augen und abstehenden orangefarbe-

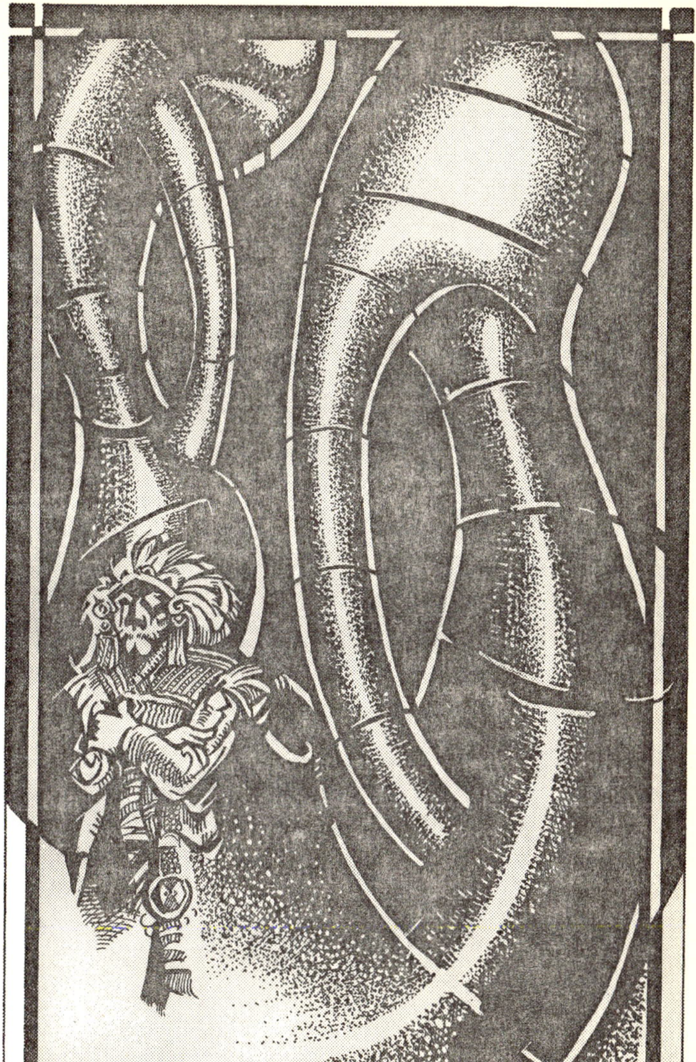

nen Haarkämmen. Sie trugen Beutel mit roten Gelatinekugeln, die sich hervorwölbten.

Paddy blickte ihnen trotzig entgegen. »Eine seltsamere Rasse wurde nie gezüchtet. Sie wollen alles über uns wissen. Ach, diese Planeten sind wie Kuckuckseier in einem Zaunkönignest. Nein, wenn ich mir vorstelle, dass Erde dafür ihre Besten hergegeben hat!«

Er nickte den Adlern zu. »Guten Morgen, meine Freunde Adler«, sagte er mit sirupsüßer Stimme. »Und wie läuft's heute so?«

»Nicht übel.« Die Adler blickten zum Horizont. »Wo ist das kleine Luftschiff?«

»Luftschiff? Ach ja. Es ist sehr schnell nach Osten geflogen und war blitzschnell verschwunden.«

Die Adler musterten Paddy und Fay mit großem Interesse. »Und was macht ihr hier am Strand?«

»Na ja wir –« begann Paddy. Fay fiel ihm ins Wort.

»Wir sind Touristen und wollen auf die Spitze des Nordkaps. Könnt ihr uns den besten Weg erklären?«

Der eine Adler wies ihnen die Richtung. »Folgt einfach dem Weg. Er führt zur Sunset Road. Ihr seid Erdlinge?« Er spuckte diskret auf die Seite.

»Das sind wir – und wir sind ebenso gut wie ihr.«

»Besser«, fügte Fay leise hinzu.

»Und welche Geschäfte führen euch nach Alpheratz A?«

»Keine, wir mögen eure schöne Landschaft und eure großartigen Städte sehr. Auf der alten Erde gibt es Derartiges nicht zu sehen. Ehrlich gesagt, sind wir Touristen, welche die Wunder des Universums anschauen wollen.«

Die beiden Adler gaben Geräusche von sich, die wie ›Rrrrrrr‹ klangen. Ohne noch etwas zu sagen, gingen sie auf dem Weg weiter.

Paddy und Fay beobachteten sie insgeheim. Die Adler blieben stehen und redeten miteinander. Sie deuteten am Horizont entlang zu den Felsen. Aber schließlich setzten sie ihren Weg fort.

»Die waren nur gute hundert Meter von dem Punkt entfernt, wo du unbedingt das Schiff verlassen wolltest«, sagte Fay. »Es ist schieres Glück, dass sie nicht auf die Felsen geklettert sind.«

Paddy warf die Arme in die Höhe. »Wie alle Frauen lässt auch du keine Gelegenheit aus, einem einen Fehler unter die Nase zu reiben. Was für ein glücklicher Tag wird es sein, wenn ich deinen dünnen Hintern für immer weggehen sehe.«

Fay zog die Brauen hoch. »Dünn? Ist er nicht.«

»Naja, von einem Huhn kann man keinen Schinken schneiden.«

»Für meine Größe ist er genau richtig«, protestierte Fay. »Man hat mich sogar hineingekniffen – ein oder zwei Mal.«

Paddy verzog das Gesicht. »Heiliger Patrick, ihr weiblichen Agenten führt wirklich ein schmutziges Leben.«

Sie legte den Kopf schräg. »Vielleicht nicht so schmutzig wie du denkst. Und wenn du fertig bist, dich über meine Figur lustig zu machen und meine Moral zu verleumden, können wir weitergehen.«

Paddy schüttelte erstaunt den Kopf und sagte nichts mehr. Sie wandten dem trüben Ozean den Rücken zu und folgten dem Weg, den die Adler ihnen gezeigt hatten.

Sie kamen auf eine steinige Wiese, dann zu einem kleinen Dorf. Dort sahen sie ein Dutzend Adler mit feierlichen Mienen in einer Gruppe neben einer halb ausgepackten Kiste mit Maschinenteilen stehen. Sie sahen wie eine Kreuzung aus Mensch und Gespenstheuschrecke aus.

»Ist es nicht ein Wunder, Paddy?«, sagte Fay träumerisch, als sie dahinwanderten. »Als der erste Mensch hier landete, war er ein Mensch. Nach zwei Generationen dominierten die großen dürren Typen, nach vier setzte die Schädelumbildung ein. Man muss sich das vorstellen: Trotz ihres Aussehens sind sie Menschen. Sie können mit richtigen Menschen Nachkommen zeugen, und das gilt auch für die Asmasier, die Canopes, die Shauls –«

»Vergiss die Maeviten nicht!«, rief Paddy begeistert. »Ah, das sind schöne Frauen!«

»– und die Loristaner, die Kriecher, die Grünbeutel und der ganze Rest der Inzuchtübermenschen. Es ist wirklich wunderbar, wie sich der planetare Einfluss auswirkt.«

Paddy schnaubte verächtlich. »Erde bevölkert sie und hundert Jahre später kommen sie zurück wie ein Fluch, um ihren Vorfahren gehässig eins auszuwischen.«

Fay lachte. »Wir sollten nicht so arrogant sein, Paddy. Hier hat sich die gleiche Differenzierung und Spezialisierung wie bei den Affen vollzogen, die sich in Gorillas, Schimpansen, Orang-Utans und schließlich in den Cro-Magnon-Typus aufspaltete.

Jetzt hat sich die Situation umgekehrt, Paddy. Heute sind wir der Grundstock, und alle diese Abspaltungen und Veränderungen, die durch die Unterschiede in Licht, Nahrung, Atmosphäre, Schwerkraft hervorgerufen wurden, *können* eine Rasse hervorbringen, die viel besser ist als der Mensch, so wie Menschen den Protoaffen überlegen waren.«

Paddy schnaubte verächtlich. »Das glaube ich erst, wenn –«

»Überleg mal«, unterbrach Fay ihn.« Die Shauls sind im Stande, komplizierte mathematische Operationen im Kopf zu tätigen. In einem Kampf ums Überleben, wo es auf mathematische Fähigkeiten ankommt, würden sie gewinnen. Die Loristaner sind psychisch hervorragend. Sie beherrschen bis zu einem gewissen Maß Telepathie und sind ungemein geschickt in persönlichen Verhandlungen. Sie sind die Kaufleute des Universums und wahre Magier für Gruppenunternehmen.

Die Adler hier – ihre Neugier ist unstillbar, und sie sind von Natur aus so hartnäckig, dass es in ihrer Sprache kein Wort für diese Eigenschaft gibt.

Menschen können ein Problem oder eine Aufgabe einfach abschütteln, aber die Adler werden weiterarbeiten, bis sie erreicht haben, was sie angefangen haben. Die Asmasier besitzen diesen Zirbeldrüsengenusslappen. Er verleiht ihnen nicht allzu viel Überlebensfähigkeit, aber sie genießen in der Tat ihr Leben! Manchmal wünsche ich mir eine Asmasierin zu sein.«

»Das habe ich alles schon in der Grundschule gehört«, sagte Paddy verächtlich. »Die Kotons sind skrupellose Schachspieler, die Waghalsigen, die Soldaten. Für mich sind sie die Teufel, welche die grauenvollsten Foltermethoden erfunden haben. Dann sind da noch die Canopes, die wie die Bienen zusammenhocken. Und? Keiner davon hat ein bisschen von allem wie die Erdlinge.«

»Das gilt nur nach unserem Standard«, erwiderte Fay ernst. »Wir nehmen uns selbst als Vergleichsgrundlage. Nach den Standards der anderen Rassen sind wir in anderer Hinsicht extrem.«

»Es wäre besser gewesen, der alte Sam Langtry wäre in der Krippe erstickt«, meinte Paddy mürrisch. »Schau dir doch dieses schreckliche Durcheinander an, Menschen aller Variationen. Früher war es so einfach.«

Fay legte den Kopf zurück und lachte. »Sei nicht so albern, Paddy. Die Geschichte der Menschheit war immer – ein Zyklus der Differenzierung und der Vermischung des überlebenden Materials zurück zur Vereinheitlichung. Wir durchlaufen jetzt gerade die Phase der Differenzierung.«

»Möge der Beste gewinnen«, meinte Paddy mit saurer Miene.

»Bis jetzt sind wir nicht die Gewinner«, sagte Fay.

Paddy reckte den Kopf hoch und stemmte die Hände in die Hüften. »Wie denn auch? Sie haben uns die Raumfahrttechnik beschnitten. Das ist, als würde man einem Mann die Augenbinde anlegen, ehe man ihn in eine Massenschlägerei schickt. Gib uns Erdlingen eine faire Chance, dann haben wir sie im Nu mit dem Rücken an der Wand, dass sie um Gnade winseln. Was für ein Scherz! Es war ein Erdling, der den Antrieb entdeckt und ihnen das Leben geschenkt hat.«

»Reiner Zufall«, meinte Fay und stieß einen Kiesel beiseite. »Langtry hat lediglich versucht, Mesonen in einem Tungstenzylinder zu beschleunigen.«

»Ja, das ist der Mann, der für den ganzen Ärger verantwortlich ist«, rief Paddy. »Langtry! Wenn ich den Nichtsnutz hier hätte, würde ich ihm mal richtig die Meinung sagen.«

»Ich auch«, stimmte ihm Fay zu. »Aber hauptsächlich, weil er das Geheimnis seinen fünf Söhnen gegeben hat, statt dem Erd-Parlament.«

»Ja, diese fünf Söhne. Habgierige Teufel. Sie sind es, gegen die ich wettern sollte. Wozu braucht jeder einen Planeten nur für sich?«

Fay winkte ab. »Machtliebe. Der Drang, ein Imperium zu errichten. Oder schlechtes Blut. Nenne es, wie du willst. Sie haben Erde verlassen, um zu den Sternen zu gelangen. Und dann haben sich die Langtry-Nachkommen jeder auf seiner Welt niedergelassen und sich das Geschäft mit dem Raumantrieb unter den Nagel gerissen. Nur ihre Nachkommen, keiner sonst, bekommt das Geheimnis. Ich schätze, keiner wäre mehr überrascht als der alte Langtry, wie sich die Dinge entwickelt haben.«

»Weißt du, was ich machen würde, wenn ich ihn jetzt vor mir hätte?«

»Ja, das hast du bereits gesagt. Du würdest ihm die Meinung sagen.«

»Du machst dich über mich lustig. Nein, ich würde ihn zurückschicken, um unser Schiff zu bewachen. Und wir würden ihn windelweich prügeln, wenn ein Adler auch nur einen Finger an den Lack gelegt hätte.«

Fay blickte zu dem Höhenzug hinauf. »Du solltest dir den Atem lieber fürs Klettern aufheben.«

6 Der Weg schlängelte sich langsam ansteigend zur Nordspitze hinauf. Unter ihnen nach rechts hin erstreckte sich, so weit das Auge reichte, der trübe Gasozean. Entlang des Ufers blitzten im gelben Licht von Alpheratz die wirbelnden Fetische tausend kleiner Dörfer. Nach links, um das Horn des Kaps lag Sugksu, eine Stadt, die nach dem gleichen Plan wie die Dörfer erbaut worden war. Es gab einen zentralen Obelisken, umgeben von Gebäudekreisen.

Fay packte Paddy am Arm. «Schau! Dort – vielleicht hast du doch Recht ...«

Am äußersten Rand der Klippe erhob sich ein schlankes Stahlgerüst, gekrönt von einem wirbelnden Fetisch.

»Diese Dinger sind irgend jemandem geweiht, auf alle Fälle irgendwie heilig. Und wir müssen doch nach dem Heiligen Zeichen Ausschau halten.«

Eine Schar Adler stand am Rand der Klippe, die männlichen mit scharlachroten und orangenen, die weiblichen mit grünen und blauen Kämmen. Alle trugen das gleiche schwarzbraune Tuch, das ihre knochigen Körper von der Brust bis zu den Knien bedeckte, und die gleichen flachen Schuhe.

»Touristen«, flüsterte Fay. »Wir müssen warten, bis sie weg sind.«

»Natürlich«, stimmte Paddy ihr zu.

Zwanzig Minuten lang warteten sie und blickten

hinaus in die Weite, wobei sie jedoch die Adler aus dem Augenwinkel beobachteten.

Plötzlich sprach sie jemand an. Ein Adler war unbemerkt zu ihnen getreten. Paddys Adamsapfel zuckte. Der Adler trug das offizielle Medaillon der Pherasischen Regierung.

»Touristen?«, fragte der Adler.

»Wir genießen jede Minute«, versicherte ihm Fay begeistert. »Die Aussicht ist fantastisch! Die Stadt so schön …«

Der Adler nickte.

»In der Tat. Das ist eine unserer schönsten Gegenden. Sogar der Ehrwürdige Sohn von Langtry kommt von Zeit zu Zeit persönlich herauf, um den Norden zu genießen.«

Fay warf Paddy einen bedeutungsvollen Blick zu. Paddy hob eine Braue. Offenbar war der Tod der fünf Söhne dem ganzen Universum noch nicht kundgetan worden.

»Und wenn ihr nach Sugksu kommt, müsst ihr unbedingt die Tiefseetour machen und die seltsamen Dinge unter dem Gas betrachten«, fuhr der Adler fort. »Seid ihr schon lange auf dem Planeten?«

»Nicht sehr lange. Aber wir haben jedes Zeitgefühl verloren«, erklärte Fay mit gespielter Verlegenheit. »Wir sind nämlich in den Flitterwochen. Aber wir konnten nicht widerstehen und mussten Alpheratz A sehen.«

Der Adler nickte. »Weise, sehr weise. Wir

haben eine Welt, von der man viel lernen kann.« Dann stolzierte er weiter.

»Verdammte Klugscheißer«, stieß Paddy hervor. »Es ist schwierig festzustellen, wann ihre Neugier offiziell ist und wann nicht.«

»Scht«, sagte Fay. »Sie gehen fort.«

Drei Minuten später war die Felsspitze leer, nur der Wind pfiff darüber.

»So, ein Heiliges Zeichen, wo ist es?«, sagte Fay. »Und woher wissen wir, dass es heilig ist, wenn wir es sehen?«

Paddy sprang auf das Fundament des Gerüsts und schaute abschätzend zu den sich drehenden orangen, blauen und roten Flügeln hinauf. »Es muss dieses Wirbelding da oben sein.«

Schnell wie ein Affe kletterte er bis zu den Flügeln hinauf. Er griff nach oben und riss das Gebilde aus Metall, Stoff und Federn herunter.

»Du Idiot!«, schrie Fay. »Das können sie von unten sehen.«

»Ich musste, wenn ich sehen will, was drunter ist«, verteidigte sich Paddy.

»Und – was ist *drunter?*«

»Nichts«, antwortete Paddy verlegen.

»Dann komm sofort runter, um Himmels willen. Das Überfallkommando wird in fünf Minuten hier sein.«

Schnell gingen sie den Abhang hinab. Sie waren kaum hundert Meter weit gekommen, als Fay die Hand hob. »Horch!«

Eine schrille Sirene – swiiiii-iiiiii-iiiii – war zu hören. Aber noch in einiger Entfernung. Weit unten bogen zwei Motorräder auf den Weg und fuhren bergauf. Die Sirenen wurden lauter. Unvermittelt erstarb das Jaulen. Gleich darauf hielten zwei Adler mit dem offiziellen Medaillon auf der Uniform neben ihnen an.

Einer stieg ab. »Wer hat die Zerstörung begangen? Der Schuldige wird der härtesten Behandlung unterzogen.«

»Wir sind unschuldig«, sagte Fay mit besorgter Miene. »Es war eine Gruppe Kotons. Ich glaube, sie sind auf der anderen Seite hinuntergegangen.«

»Dort gibt es keinen Weg.«

»Aber sie haben Luft-Skates getragen«, behauptete Paddy.

»Diese Mistkerle waren betrunken«, sagte Fay.

Die Adler-Streife musterte sie misstrauisch. Paddy seufzte und ließ hinten auf dem Rücken die Knöchel knacken. Er fragte sich, wie die pherasischen Gefängnisse wohl sein mochten. Waren sie komfortabler als die alte Ziegelfestung auf Akhabats?

Der ranghöhere Adler sagte zu seinem Untergebenen: »Ich fahre nach oben, du wartest hier. Bis wir das Gegenteil festgestellt haben, gehen wir davon aus, dass sie schuldig sind.«

Er drehte die Energie des Motorrads auf und fuhr den Berg hinauf.

»Wir sitzen in der Tinte, Paddy«, sagte Fay in der Erdsprache. »Ich lenke seine Aufmerksamkeit ab. Wir brauchen das Motorrad.«

Entsetzt schaute Paddy sie an. »Das ist aber verdammt riskant.«

»Selbstverständlich ist es das«, fuhr sie ihn an. »Es ist unsere einzige Chance. Wir müssen abhauen. Wenn sie uns festnehmen und einsperren und unsere Psychogramme überprüfen …«

Fay trat vor das Motorrad. Der Adler blies die Backen auf und zog den schmalen Kopf zurück.

»Schlag zu, Paddy!«, schrie Fay.

Der Adler drehte den Kopf – genau in Paddys Faust. Dann stürzte er mit seinen langen Armen und Beinen bewusstlos auf den Weg.

»Jetzt haben wir es wirklich geschafft«, sagte Paddy. »Darauf stehen aber sehr viele Jahre Tüten kleben.«

»Halt die Klappe und schwing sich aufs Motorrad. Wir müssen weg«, trieb ihn Fay an.

»Ich weiß nicht, wie man mit diesem Ding fährt«, erklärte Paddy.

»*Fahr* es einfach! Wir lassen es rollen! Los!«

Paddy schwang ein Bein über den schmalen Sitz und Fay sprang hinter ihm auf. Er ließ das Rad bergab rollen und fummelte an den Hebeln herum, bis er Bremse und Gas fand. Mit einem Satz sprang das Motorrad vorwärts.

»Jippie!«, schrie Fay Paddy ins Ohr. »Das ist wie auf der Achterbahn in Santa Cruz.«

Paddy starrte mit großen Augen nach unten, der Wind trieb ihm die Tränen in die Augen.

»Ich weiß nicht, wie ich es anhalten soll«, schrie Paddy. »Ich weiß nicht mehr, wo die Bremse ist.« Der Luftstrom riss ihm die Worte von den Lippen. In Panik zog er an unbekannten Hebeln und drückte auf Knöpfe. Schließlich trat er zufällig auf ein Pedal, das eine gewisse Wirkung zu haben schien.

»Pass auf den Seitenweg auf!«, brüllte ihm Fay ins Ohr. »Der führt zur Stadt.«

Paddy legte sich auf die Seite, das Motorrad sauste quietschend um eine Gruppe Fußgänger herum, die ihm wilde Beschimpfungen hinterher riefen. Und jetzt hatten – zu Paddys Schrecken – die Bremsen die Wirkung verloren.

»Fahr langsamer, Paddy«, schrie Fay. »Um Himmels willen, du hirnloser Idiot!«

»Ich wünschte, ich könnte«, stieß Paddy zwischen den Zähnen hervor. »Es ist mein sehnlichster Wunsch.«

»Schalte den Antrieb aus!« Sie beugte sich an ihm vorbei und deutete nach vorn. »Da – versuch's mit dem Knopf.«

Paddy drehte am Knopf. Der Motor heulte auf, und das Motorrad wurde so unvermittelt langsam, dass sie beinahe abgeworfen wurden.

»Steig ab!«, zischte Fay. »Siehst du den schmalen Pfad, und gleich hinter dem Kamm ist unser Schiff.«

Uiiiiiiiiii! Weit über ihnen schrillte drohend die Sirene.

»Da kommt der andere«, sagte Paddy. »Geschmeidig wie ein Panther.«

»Lauf los! Über den Berg. Wir müssen zu unserem Schiff – und zwar schnell.«

»Zu spät«, sagte Paddy. »Er erschießt uns, wenn wir weglaufen. Komm hierher, zu mir. Und jetzt pass auf!«

Er zog Fay hinter einen Felsen neben dem Weg.

Das Motorgeräusch wurde lauter, aber die Sirene war ausgeschaltet, als der Polizist vorsichtig näherfuhr. Dann war er am Fels vorbei.

»Bu!«, schrie Paddy und sprang auf den Weg. Der Adler quiekte. Paddy warf sich gegen die Lenkstange, das Motorrad kam vom Weg ab und hüpfte sich überschlagend den Steilhang hinab. Als Letztes sahen sie, wie der Adler sich verzweifelt an der Maschine festhalten wollte, aber dann mit fliegenden Gliedmaßen durch die Luft sauste.

Ein Knall, dann Stille.

Paddy seufzte.

»So gescheit wie du denkst, bist du nicht«, sagte Fay. »Du hast mir ja nicht geglaubt, dass die richtige Stelle nicht oben, sondern am Fuß der Klippe ist.«

Paddy war zum Streiten aufgelegt. »Wie das? Das Heilige Zeichen war genau auf der Klippe, wie es auf dem Pergament stand.«

»Unsinn«, protestierte Fay. »Du wirst schon sehen.«

Ihr Schiff war unberührt. Sie krochen hinein, schlossen die Luke. Fay setzte sich auf den Pilotensitz. »Du hältst du Augen offen.«

Sie ließ das Schiff steigen, flog vom Plateau hinunter und ging im Senkflug direkt ins Gas. Durch das Beobachtungsfenster sah es leuchtend gelb aus.

»Die Farbe kommt von dem schwebenden Staub, der darin schwebt«, erklärte Fay. »Das Gas ist dicht, und der Staub sucht sich die Ebene seiner spezifischen Schwere, und dort schwebt er für immer. Ein bisschen tiefer wird das Gas klar sein – jedenfalls hat man mir das erzählt.«

»Woraus ist das Gas zusammengesetzt?«, fragte Paddy. »Oder weiß man das nicht?«

»Es ist Neon-Kryptonit.«

»Eine seltsame Paarung«, meinte Paddy.

»Ja, ein seltsames Gas«, sagte Fay spitz.

Sie ließ das Schiff sinken. Der sonnengetränkte Staub verschwand, und sie erblickten eine wunderbare neue Landschaft. Sie war anders als alles, was die beiden zuvor gesehen hatten oder sich hätten vorstellen können.

Das gelbe Licht von Alpheratz schimmerte jetzt altgolden, beinahe wie Bernstein, und es verwandelte die Landschaft in ein unwirkliches verschleiertes Märchenland. Unter ihnen erstreckte sich eine hügelige Senke, die sich in der Ferne im goldenen Dunst verlor. Links von ihnen ragte die große Klippe der Insel Kolkhorit auf. Die Spitze war nicht mehr zu sehen. Fay folgte der Klippe bis zu einem Vorsprung, dann fiel sie zurück.

»Da ist das Nordkap«, sagte Fay. »Und da – auf dem kleinen Plateau – ist genau der richtige Platz.«

»Ja, bei allem, was mir heilig ist, diesmal scheinst du Recht zu haben«, pflichtete ihr Paddy mit gedämpfter Stimme bei.

»Schau, siehst du das Ding, das wie eine Sonnenuhr aussieht? Das ist es, was wir suchen«, sagte Fay.

»Und wie sollen wir es holen?«, fragte Paddy skeptisch.

»Natürlich in deinem Raumanzug«, fuhr sie ihn verärgert an. »Und schnell! Die können jede Minute auftauchen.«

Mit mürrischem Gesicht schob Paddy sich durch die Ausstiegsluke und ging über das Plateau. In goldenes Licht getaucht näherte er sich dem Podest. Auf der Stirnseite war ein rotgoldenes Pentagramm eingelegt.

Er probierte, es hochzuheben. Er drückte dagegen, spürte ein Zittern, dann eine leichte Drehung. Er stemmte sich mit der Schulter dagegen. Das Podest fiel um. In einer kleinen mit Blei ausgekleideten Höhlung lag ein Messingzylinder.

Badau lag unter ihnen, ein üppiger blaugrüner

Planet mit einer dicken Schicht Atmosphäre.

Paddy kniff Fay in die Wade und betastete ihre Schenkel. Sie zuckte zusammen und blickte ihn verblüfft an.

»Ruhig, ich wollte nur testen, ob du fit genug bist, um auf dem Planeten herumzuspazieren«, erklärte Paddy. »Du weißt, dass du dort monströs schwer bist.«

Fay lachte reumütig. »Einen Moment lang dachte ich, du willst mich auf Skibbereener Art zur Liebe verführen.«

Paddy rümpfte die Nase. »Du bist nicht mein Typ. Für mich gibt's nur die Bauernmädels auf Maeve. Und du hast – wie ich soeben festgestellt habe – kaum genug Fleisch auf den Knochen, um den Wind abzuwehren. Du bist so blass und mickrig. Einem anderen Mann mag das gefallen, nicht aber Paddy Blackthorn.«

Doch er lächelte, und sie lachte zurück. »Ganz ehrlich, manchmal, wenn du dieses teuflische Blitzen in den Augen hast und deine Zähne beim Lächeln zeigst, bist du hübsch, wie ein niedlicher Kobold«, sagte er.

»Vielen herzlichen Dank. Genug mit dem Schmus, wohin gehen wir?«

»Der Ort heißt Kamborogische Pfeilspitze.«

»Und wo könnte das sein?«

Paddy studierte die Karten. »Hier ist er nirgends erwähnt. Es klingt wie ein Hotel oder eine Herberge oder so. Sobald wir gelandet sind, finden wir es bestimmt. Und du wirst grauenvoll müde sein, weil die Schwerkraft hier so stark wie ein Bulle ist.«

»Wegen der Schwerkraft mache ich mir keine Sorgen«, versicherte ihm Fay. »Mir liegt im Magen, dass ich nicht weiß, ob die Badau-Polizei unsere Beschreibung schon erhalten hat.«

Paddy schürzte die Lippen. »Badau ist bei Erd-Touristen ein sehr beliebter Ort, Schwerkraft oder nicht. Allerdings kapiere ich nicht, weshalb sie herkommen, da sie von diesen arroganten Bewohnern, diesen Muskelprotzen, nichts als Beleidigungen und Kränkungen erfahren.«

»Es ist ein wunderschöner Planet«, murmelte Fay. »So sanft und grün, mit Millionen kleiner Seen und welligen Tälern.«

»Es gibt keine Berge, weil die Gewässer sie niederdrücken, sobald sie sich erheben«, erklärte Paddy.

»Und was ist das da?« Fay deutete auf eine steile Felsformation, die sich quer durchs Land zog.

»Ah, das ist ein großes Stück Land, das das noch vor sich hat«, sagte Paddy. »Bei so viel Schwerkraft gibt es diese großen Bewegungen der Kruste, und es entstehen Steilfelsen. Die Badaus bauen über sämtliche Wasserfälle Dämme und nutzen die Energie. Dadurch reißt das Wasser keine tiefen Schluchten ins Land.«

»Land, Land, Land!«, sagte Fay. »Dieser erste

Sohn Langtrys war unersättlich, wenn es um Land ging.«

»Und der Langtry-Clan besitzt immer noch ganz Badau. In den Büchern steht, dass das Feudalismus ist. Den Langtrys gehören große Ländereien, die sie an weniger noble Herrschaften verpachten, und diese verpachten das Land wieder an andere, bis zum Schluss der kleine Bauer, alle ernähren muss.

Und sie haben eine fantastische Landwirtschaft, Fay. Das beste Obst und Gemüse – alles Importe von Erde, da hier ursprünglich nur giftiges Zeug gewachsen ist. Und die Pflanzen haben sich, nachdem sie auf Badau wuchsen, ebenso verändert wie die Menschen.«

Paddy schaute Fay ernst an. »Bei der Heiligen Jungfrau und so wahr ich Patrick Delorcy Blackthorn heiße, ich war hier schon und kenne das Land. Du wirst es nicht glauben, wenn du die Orangen an den Zweigen siehst, die so groß wie Kürbisse sind.

Und sie bauen Weizen an, dessen Ähren so groß wie mein Fuß sind, und ganz dicht über dem Boden, mit Blättern so groß wie die von Seerosen. Sie haben Trauben mit einer hauchdünnen Spitze. Wenn man die aufmacht, fließen vier Liter Wein heraus. Diese Badaus sind wirklich großartige Botaniker.«

Fay studierte die Karte. »Da ist Slettevold – das ist die größte Stadt. Sie soll ein Handelszentrum sein. Wir könnten dort landen und vielleicht unser Schiff mit Dampf beschichten lassen. Ein hübsches stumpfes Grün statt dieses blitzenden Metalls. Ich glaube nicht, dass wir allzu viel Aufsehen erregen werden.«

Paddy blickte angestrengt auf die helle Seite Badaus hinab. »Da ist so ein Gewimmel von kleinen Schiffen, die hinein- und hinausflitzen, dass ein Erdling es kaum glauben würde, wenn er die Geheimnisse der Langtry-Söhne nicht kennt. Ein kleines Raumschiff mehr oder weniger dürfte kaum auffallen.«

»Vielleicht halten sie es für eigenartig, dass Erdlinge ein Raumschiff besitzen. Nur wenige haben eins. Meistens kommen sie mit den Passagierfrachtern.«

Paddy rieb sich das Kinn. »Wenn wir gegen Abend auf dem Outer Slett Field landen – dort gibt es keine Kontrollen –, sollten wir nach Slettevold hineinmarschieren können, ohne dass man uns dumme Fragen stellt.«

»Es ist jetzt schon Abend in Slettevold«, sagte Fay. »Da ist das Feld. Lass uns runtergehen, ehe sie uns eine Rakete entgegenschicken.«

Outer Slett Field lag hinter den Lagerhäusern und Versandschuppen, welche das Hauptfeld säumten. Es war ein weiter unebener Platz ohne Bewuchs, der von kleinen Händlern und Privatbesitzern genutzt wurde. Es gab keinen Kontrollturm und keinen Radarstrahl. Als Paddy und Fay in die warme Abenddämmerung hinausstiegen, heftete sich kein neugieriger Blick auf sie.

Paddy machte ein paar Schritte und drehte sich um, um zu sehen, wie Fay zurechtkam. Sie ging sehr langsam, als trüge sie einen schweren Rucksack. Er grinste.

»Das Schönste, was du je gefühlt hast, wird dein Bett sein, junge Dame. Deine Knie werden wie frisch geölte Schaniere sein und deine Füße weh tun, als wäre ein Pferd drauf getreten. Aber nach ein oder zwei Tagen fällt es dir kaum noch auf. Und wenn du länger hier bleibst, wird dein Hals anschwellen, und deine Söhne werden klein und zäh und gummiartig und deine Enkel werden so hässliche und abstoßende Muskelprotze wie alle anderen hier.«

Fay rümpfte die Nase. »Nicht, wenn ich mir den Vater aussuchen kann, was ich vorhabe.« Sie schaute in den blaugrünen Himmel. »In welcher Richtung liegt jetzt die Stadt, Mr. Bae-deker?«

Paddy deutete auf ein Gehölz niedriger Bäume mit dicken Stämmen am Ende des Landefelds. »Wenn meine Erinnerung mich nicht trügt, fährt da drüben eine U-Bahn. Die bringt uns ins Herz der Stadt.«

Unter Schmerzen gingen sie zu der Betonrampe hinüber, die zu zwei Metalltüren hinabführte. Paddy drückte zwei Mal. Gleich darauf öffneten sich die Türen, und sie bestiegen ein kleines Fahrzeug mit zwei Sitzen.

Die Türen schlossen sich, sie spürten eine heftige Beschleunigung. Einen Moment später öffneten sich die Türen wieder, und man hörte die Geräusche der Stadt.

Fay schaute Paddy an. »Umsonst? Müssen wir nichts bezahlen?«

»Alle öffentlichen Versorgungsbetriebe wurden von der Langtry-Familie gestiftet. Sie sind so reich, dass sie unsere mickrigen Münzen nicht brauchen. *Noblesse oblige.*

Wir befinden uns auf dem größten Familienbesitz des Universums.«

Sie betraten eine breite Straße mit niedrigen Gebäuden, alle hatten Panzerglas in den unteren Stockwerken. Fay las ein Schild an dem Säuleneingang einer langen Arkade. »›Slettevold Inn‹ – das klingt gut. Lass uns reingehen, ein Bad nehmen und was Frisches essen.«

»*Ha*!« Paddy lachte. «Das ist nichts für Leute wie uns, junge Dame. Wir sind Erdlinge. Sie lassen uns nicht mal durch die Tür.«

Fay starrte ihn ungläubig an. »Du meinst, sie würden uns nicht bedienen, nur weil wir –«

Paddy nickte. »Richtig. Die Erdlinge bleiben auf Badau an den ihnen zustehenden Plätzen.«

Fay wandte sich ab. »Ich bin zu müde, um zu streiten. Gehen wir ins Erdlinge-Hotel.«

7 Die ›Kamborogische Pfeilspitze‹? Der Mann an der Rezeption, ein Badau mit saurer Miene, erklärte, das sei eine Ferienanlage am Ufer des Iath-Sees. Auf Fays zuversichtliche Frage lächelte er nur abfällig.

»Erdlinge in der ›Kamborogischen Pfeilspitze‹? Eher würden sie eine Herde Hammel bedienen. Ihr müsst verstehen, nur die Crème de la crème von Badau vergnügt sich in der ›Pfeilspitze‹. Der Sohn selbst geht dorthin. Alles muss sehr elegant sein.«

Paddy nickte. »Tja, dann wären wir armselige Erdlinge dort wirklich am falschen Ort.«

»Dürfen Erdlinge überhaupt nicht hinein?«, fragte Fay verzweifelt.

»Nur als Reinigungspersonal oder Unterhaltungskünstler. Die Ryeville Ramblers, ein Akrobatentrio, sind gerade von ihrem Engagement zurückgekommen und waren mit der Behandlung sehr zufrieden.«

»Hmmmm.« Paddy rieb sich das Kinn. »Wie bekommt man so ein Engagement?«

Der Mann wandte sich ab. »Na – durch das Vergnügungs-Syndikat, nehme ich an.«

Paddy wandte sich an Fay. »Also, junge Dame, kannst du tanzen, singen, Pantomime, Feuerschlucken oder Rad schlagen?«

»Ich bin keine Akrobatin, nicht in dieser Schwerkraft«, antwortete Fay. »Ich könnte auf einem Kamm spielen oder Gunga Din als Pantomime darbieten.«

»Ich bin Zauberer«, erklärte Paddy. »Ich kann Kartentricks zeigen, dass allen schwindlig wird, besonders wenn sie betrunken sind, was wahrscheinlich ist. Wir sind die beste Nummer, die je aufgetreten ist. Zumindest verschaffen wir uns damit Zutritt zum Gelände.«

Die ›Kamborogische Speerspitze‹ war ein Betonblock, fünf Geschosse hoch und achthundert Meter lang, überreich verziert mit goldenen Quincunxen, Kleeblättern und Lilien. Abwechselnd waren die Flächen rosa und hellgrün, der überstehende Giebel hellblau bemalt.

Der Iath-See umgab das Gebäude und den gepflegten Garten halbkreisförmig. Wegen der starken Schwerkraft kräuselte sich die Oberfläche heftig und glitzerte im Licht. Dahinter fiel das Land in sanften Hügeln bis zu einem Steilfelsen ab, der sich von Horizont zu Horizont erstreckte.

Das Hotel verbreitete eine Atmosphäre von Reichtum und Überfluss. Überall glänzte Glas und Metall. Die Markisen schimmerten wie Satin. Ovale Vergnügungsboote in Muschelform glitten unter kleinen quadratischen Segeln über den See.

Paddy und Fay gingen unbemerkt nach hinten und betraten einen Warteraum. Dort trugen sie ihr Anliegen einem müde aussehenden asmasischen Portier vor, der sie zum Chef-Steward in ein hell erleuchtetes Büro führte.

Der Chef-Steward war selbst für einen Badau klein und fett. Seine Wangen hingen wie die

Kehllappen eines Huhns herunter. Die Augen lagen tief, wirkten aber klug.

»Der Herr vom Vergnügungs-Syndikat schickt uns zu Ihnen«, sagte Paddy. »Wir sind Schwarz und Schwarz, Außergewöhnliche Entertainer.«

Der Steward musterte sie von Kopf bis Fuß, besonders Fays Figur schien es ihm angetan zu haben. Wie auch andere planetare Rassen hielten die Badaus die Erdlinge für attraktiv. »Hat das Syndikat Ihnen keine Karte für mich mitgegeben?«

»Ja, aber wir haben sie verloren«, antwortete Paddy schnell. »Der Wind hat sie mir blitzschnell aus der Hand geweht. Aber der Herr vom Syndikat war mit uns äußerst zufrieden und hat mir aufgetragen, Ihnen einen schönen Gruß auszurichten.«

»Was machen Sie?«

»Ich bin Zauberer«, erklärte Paddy. »Ich bin ein verblüffender Taschenspieler. Gegenstände kommen und gehen auf meinen Befehl hin. Ich verwandle Wasser in purpurroten Dampf, dann in Frösche, die wiederum in einem blendenden Lichtstrahl vergehen. Aber meine Spezialität sind Karten. Ich kann das Pik-Ass aus dem Pack heraushüpfen und sich in der Mitte verbeugen lassen. Und mit Königen und Damen führe ich Tricks vor, dass alle noch monatelang lachen.«

Er deutete auf Fay. »Und dann ist hier meine Frau. Sie ist einfach ein Genie. Bei ihrer Darbietung kriegen die Zuschauer Stielaugen, dass man sie mit Stöcken abschlagen könnte. Mit Sicherheit wird man Ihnen auf den Rücken klopfen, weil Sie Ihren Gästen ein so seltenes Vergnügen bieten.«

Der Steward musterte sie nochmals scharf. »Nun gut, wir sind zwar komplett. Aber ich werde den Versuch wagen, und wenn Sie so gut sind, wie Sie behaupten, dann lasse ich eine andere Truppe gehen, die nicht so besonders gut ist.«

»Großartig!«, sagte Paddy. »Wir wollen nur eine Chance. Dann können wir heute Nacht im Hotel schlafen?«

»Ja, hier entlang. Ich zeige Ihnen die Künstlerunterkunft. Aber ich muss Sie trennen.«

»Nein!«, rief Paddy.

»Tut mir Leid, aber das sind nun mal die Regeln des Hauses.«

Paddy wurde in eine lange Halle gebracht, wo auf der einen Seite Wannen mit Schlafschaum aufgereiht waren und gegenüber kleine Spinde standen. Der Steward wies ihm einen Platz an und sagte: »In einer halben Stunde gibt es von der Speisekarte etwas zu essen. Wenn Sie an der Reihe sind – es wird ungefähr der vierzehnte Auftritt sein –, wird man Sie holen.

Bis dahin können Sie sich ausruhen oder proben, wie Sie wollen. Zum Probenraum geht es durch diese Tür. Jeder Streit, lautes Reden, Alkohol oder Narkotika sind absolut verboten.

Ferner ist es Erdlingen unter keinen Umständen gestattet, auf dem Gelände umherzuwandern.«

»Heiliger Patrick«, murmelte Paddy. »Hoffentlich gestatten Sie mir, die Toilette zu benutzen.«

»Wie bitte, was haben Sie gesagt?«

»Ich habe mich nur nach meiner Frau erkundigt«, sagte Paddy lächelnd. »Wann sehe ich sie?«

»Der Aufenthaltsraum ist morgen wieder geöffnet. Bis dahin ist sie gut aufgehoben.« Der Steward ging, wie ein kleiner brauner Fleischklumpen in einem bestickten Jacket.

Paddy blickte sich in der Unterkunft um. In etlichen Schlafwannen lagen Shauls der niedrigeren Kaste, Asmasier, Canopes, die langgliedrigen Hepetathroiden von New Hellas und einige andere Erdlinge.

In der Wanne neben seiner lag ein Labiriter von Deneb Zehn, ein kleiner gesprenkelter Anthropoid mit Armen wie Kabeln und schwammigen Händen. Er betrachtete Paddy aus seinen pupillenlosen Augen, die wie Feigen aussahen.

»Was ist deine Nummer, Erdling?«, fragte er in der Sprache der Badaus.

»Ich bin ein Zauberer«, antwortete Paddy mürrisch.

»Ein guter, nehme ich an?«

»Der Beste. Feuerspucker, Magie der Zwerge ...« Paddys Antwort ging in ein unverständliches Murmeln über.

»Sie müssen auch gut sein«, sagte der Labirite.

»Gestern oder vorgestern sind sie einem Zauberer auf die Schliche gekommen und haben mit Essen nach ihm geworfen.«

Paddy zog die Brauen hoch. »Sind diese Muskelprotze wirklich so pingelig?«

»Das sind sie in der Tat«, antwortete der Labirite. »Vergessen Sie nicht, hier ist nur die Crème de la crème von Badau, nur der Langtry-Clan und vielleicht ein oder zwei der anderen höchsten Lords. Im Augenblick findet eine Versammlung statt, und alle sind mehr als üblich erregt und handeln sehr abrupt. Und falls sie sich entscheiden, Sie mit einem Dolch zu durchbohren, wird niemand zweimal darüber nachdenken.«

»Mannomann!«, murmelte Paddy. »Und ich mit meinen Mickey-Mouse-Tricks.« Laut fügte er hinzu: »Und wo befindet sich wohl Suite 10?«

Der Labirite wandte den Blick ab. »Keine Ahnung. Der Portier kann es Ihnen sagen. Wenn Sie vorhaben zu klauen, lassen Sie sich besser nicht erwischen.«

»Nein, ich will nichts stehlen«, versicherte ihm Paddy. »In Suite 10 wohnt ein alter Freund, den ich suche.«

Der Labirite starrte ihn verblüfft an. »Einer von den Badau-Langtrys der Freund eines Erdlings? Na ja, ich nehme an, es sind schon merkwürdigere Dinge passiert. Haben Sie ihm das Leben gerettet?«

Paddy gab eine nichts sagende Antwort, legte

sich hin und dachte nach. Er musste sich bald Zugang zu Suite 10 verschaffen, denn nach dem Auftritt würde es dazu keine Gelegenheit mehr geben. Er sah sich, wie er Essensresten auswich und unter Flüchen und wüsten Beleidigungen aus dem Hotel geworfen wurde.

Er stand auf und ging auf den Korridor. Dort bog er in einen Gang ein, der Steinmauern wie ein Gefängnis hatte, und von einer Lichtröhre oben an der Decke erleuchtet wurde. Dann gelangte er an einen offenen Torbogen. Er schaute hindurch und sah eine Theke, ein Drehkreuz, Regale mit Putzzeug und einen Canope-Angestellten.

Paddy näherte sich ihm angeberisch und sagte: »Ich bin der neue Reinigungsmann. Der Chef-Steward hat mir gesagt, ich würde hier meine Ausrüstung bekommen.«

Der Canope stand auf, griff in einen Korb und warf ihm einen weißen Beutel auf die Theke. Aus einer Schublade holte er weiße Handschuhe und eine Art Inhalatormaske. »Sie mögen die Luft nicht, die wir atmen, Erdling. Trage immer die Maske über Mund und Nase. Hier ist deine Kappe, deine Sandalen, deine Reinigungsausrüstung. Viel Glück und beweg dich!«

»Das werde ich in der Tat. Und ich bin Ihnen ewig dankbar. Wo ist wohl Suite 10?«

»Suite 10? Der Steward hat dir Suite 10 am ersten Tag zugeteilt? Seltsam. Das ist die

Privatbibliothek des Sohns, und der ist extrem eigen. Geh durch die Tür, dann rechts, den Korridor mit dem rosa Quarzboden entlang, bis du zur Statue des Badau-Langtry kommst.

Wenn jemand drin ist, darfst du unter keinen Umständen eintreten, weil sie zurzeit sehr geheimniskrämerisch und leicht erzürnbar sind und Erdlinge überhaupt nicht mögen. Aus irgendeinem Grund sind sie Erdlingen gegenüber gnadenlos.«

Ich könnte dir sagen weshalb, dachte Paddy. Er beeilte sich, die Uniform anzuziehen und ging auf den Korridor hinaus.

Ein schmale Tür führte ihn aus den tristen Mauern in eine Glitzerwelt von exquisiter Eleganz. Die Badaus waren geschickte Handwerker und liebten kunstvolle Verzierungen. Die Wände der großen Halle waren mit Mosaiken aus seltenen Mineralien ausgelegt – Jade, Lapislazuli, glitzernder gelber Wulfenit, roter Feuerstein, Jaspis und Karneol. Den Boden zierten breite Bänder aus Rosenquarz und schimmerndem schwarzen Obsidian.

Er ging an einem Bogengang vorbei, durch welchen man in eine hohe Schwimmhalle gelangte, die in grüngelbliches Licht getaucht war. Zwischen grünen Pflanzenarrangements saßen Badaus, plauderten, tranken Wein oder atmeten stimulierende Dämpfe aus Röhren ein.

Paddy bemühte sich, so unauffällig wie möglich

zu gehen. Die Schwerkraft half ihm bei der demütigen Haltung. Dann sah er vor sich die Statue eines Badau in heroischer Pose.

»Ha!«, stieß Paddy wütend hervor. »Sie geben nicht mal mehr zu, dass Sam Langtry ein Erdling war. Sam Langtrys Sohn war ein ebenso waschechter Erdling wie Paddy Blackthorn, aber sie stellen ihn als zusammengepresste Warze, als Badau dar.«

Neben der Statue war eine hohe Tür aus geschnitztem Rosenholz. Paddy schaute schnell nach rechts und links. Der Gang war leer. Niemand zu sehen. Er legte das Ohr an die Tür – kein Geräusch. Er legte die Hand an den Riegel. Da kam von drinnen ein leises metallisches Klicken, dann öffnete sich die Tür. Paddy beugte sich hinab und tat so, als sammle er ein Staubkorn auf.

Der Badau trat heraus, blieb stehen und musterte Paddy eingehend von Kopf bis Fuß. Ein zweiter Badau folgte ihm.

»Spione, überall Spione«, sagte der erste mit bitterer Stimme. »Man kann kaum noch auf dem See segeln, ohne dass irgendein Erdling den Kopf aus dem Wasser steckt.« Er wandte sich ab. Paddy seufzte erleichtert und blickte den Muskelprotzen mit weichen Knien hinterher.

»Sie sind wie Nager«, erklärte der erste Badau laut. »Überall. Unermüdlich. Wenn man sich vorstellt, dass einer ... wenn wir ihn erwischen könnten ...« Dann wurden die Worte zu unverständlichem Murmeln.

Paddy verzog das Gesicht, entspannte die Mundwinkel und stieß die Tür auf. Der erste Raum von Suite 10 war leer. Es war eine große Bibliothek. An den Wänden standen Regale mit Büchern bis zur Decke. Ein großer ovaler Tisch nahm die Mitte ein, am Ende stand ein kleiner Bildschirm und ein Archiv mit Mikrofilmen. Ein Torbogen führte in die anderen Räume, aber die Bibliothek war Paddys Ziel.

Er blickte an die Wände. Bücher, Bücher, Bücher – tausende, anscheinend seit langem nicht mehr benützt. Er konnte unmöglich jedes Buch in die Hand nehmen, um den Inhalt zu überprüfen. Wo war der Katalog? Da, eine kleine Schachtel neben dem Mikrofilm-Lesegerät. Er machte sie auf und rief sich das Badau-Alphabet ins Gedächtnis.

Die Neigung des törichten Menschen. Da war das Buch. Block Fünf, Regal Zwölf.

Paddy schaute an den Regalen entlang und fand Block Fünf in einer Ecke. Regal Zwölf war ganz oben.

Wie kam er da hinauf? Da sah er eine Leiter an einer Bronzestange hängen, die an den Regalen entlang verlief. Schnell schob er die Leiter zu Block Fünf. Dann kletterte er hinauf und ließ die Augen über die Titel schweifen.

Die vollständige Philosophie Kobame Biankuls ...

Archäologische Studien auf Zahmir ... Relation der Planetenumgebung zur Bautechnik von Häusern .... Ein Wissenschaftler schaut auf die Aquilischen Scheibenwürmer ... Neophasmus ... Botanisches Lexikon ... Die Neigung des törichten Menschen.

Paddy holte das Buch heraus und steckte es in die Tasche mit seinen Reinigungsutensilien. Da hörte er eine Stimme von unten. »He Mann, komm sofort herunter!«

Paddy stieg die Leiter hinab. »Ja, sofort, Euer Lordschaft.«

Die kleinen gelben Augen bohrten sich in seine. »Was hast du dort oben gemacht?«

»Die Bücher abgestaubt, Euer Lordschaft.«

»Da ist kein Staub. Diese Bücher sind heilig, und es ist verboten sie zu berühren.«

»Na ja, ich wollte nur sichergehen. Ich wollte nicht, dass Euer Lordschaft wegen meiner Nachlässigkeit niesen muss.«

»Welches Buch hast du aus dem Regal genommen?«

»Buch, Sir?«

»Gib es mir.«

Paddy trat unruhig auf der Stelle, beugte sich vor, dann lehnte er sich zurück. Zwei Badaus – klein, aber kräftig, an die Schwerkraft des Planeten gewöhnt, während sie ihm durch das zusätzliche Gewicht jeden Schritt erschwerte. Sie wurden mit ihm so leicht fertig wie er mit einem sechsjährigen Kind.

»Ach, das Buch! Nun, Euer Lordschaft, ich wollte darin nur in meiner Freizeit ein wenig lesen. Ich danke Ihnen für Ihre Aufmerksamkeit, aber jetzt muss ich wieder meinen Pflichten nachgehen, sonst zieht mich der Steward zur Rechenschaft.«

Paddy wollte sich seitlich hinausschieben, doch zwei Arme packten ihn. Der zweite Badau nahm ihm das Buch aus dem Beutel.

Der Badau las den Titel. *»Die Neigung des törichten Menschen* – fürwahr eine gute Wahl, muss ich sagen. Hmmm.« Er blickte wieder Paddy an. »Seltsames Interesse für einen Reinigungsmann. Und du kannst Badaisch lesen?«

»Es war eine momentane Eingebung, Sir. Ich wollte mir nur die Bilder anschauen.«

»Wir sollten lieber den Geheimdienst rufen und diesen Mann genau überprüfen lassen«, sagte der zweite Badau.

Der Ratsherr zögerte. »Der Geheimdienst ist mit diesem außerplanetarischen Problem beschäftigt. Alle arbeiten für die Belohnung.« Er brummte unwirsch. »Jetzt ist es eine Million Mark pro Jahr, lebenslänglich, und Amnestie für sämtliche begangenen und zukünftigen Verbrechen. Wenn es noch mehr wird, fange ich selbst an, nach dem Burschen zu suchen.«

Er ließ Paddy los. »Ich nehme an, es ist ein welterschütterndes Ereignis, wenn ein Erdling ein Buch stiehlt.«

Der Ratsherr stieß Paddy rau zur Tür. »Los, geh wieder an deine Arbeit.«

»Bitte, darf ich das Buch ausleihen, Euer Lordschaft?«, fragte Paddy.

Das Gesicht des Badau wurde vor Ärger starr. Paddy lief so schnell davon, wie es ihm die Schwerkraft erlaubte. Aus dem Augenwinkel sah er gerade noch, wie der Badau neugierig das Buch betrachtete.

Frustriert, verängstigt und wütend kehrte Paddy in die Personalunterkunft zurück. Auf dem Weg zog er seine Montur aus. Der Chef-Steward stand neben seiner Schlafwanne.

»Also *da* sind Sie! Los, schnell, kommen Sie mit! Es gibt eine Lücke, da bringe ich Sie jetzt gleich raus. Holen Sie Ihre Sachen!«

»Nur ein Kartenspiel«, sagte Paddy vorsichtig. Wie sollte er es Fay sagen? Sie vertraute auf seine Erfindungsgabe und seine Klugheit … Sie mussten weg. Wenn der Ratsherr auf Seite 100 anlangte, würde er den Chef-Steward rufen und sich über diesen seltsam an Literatur interessierten Reinigungsmann erkundigen.

»Ich glaube, ich muss kurz mit meiner Frau sprechen«, sagte Paddy zum Steward.

»Machen Sie, dass Sie da *reingehen!*«, schrie ihn der Steward an. »Ehe ich Sie ungespitzt in den Boden ramme. Sie sehen Ihre Frau schon zu gegebener Zeit.«

Der Ausgang war verschlossen. Niedergeschlagen folgte Paddy dem Steward. Jede Minute würde der Sturm losbrechen. Naja, jeder muss mal sterben, dachte Paddy. Vielleicht hatte der Ratsherr ja das Buch lediglich zurückgestellt.

Mit neuer Hoffnung folgte er dem Steward eine Rampe hinauf in einen Raum vor der Bühne. Der Steward übergab ihn einem Badau in rotgrüner Uniform. »Hier, das ist der Zauberer. Ich musste das ganze Gebäude nach ihm absuchen.«

Der Badau musterte Paddy scharf. »Wo ist Ihre Ausrüstung?«

»Geben Sie mir nur ein Kartenspiel«, antwortete Paddy. »Mehr brauche ich fürs Erste nicht.«

»Da drüben im Regal. Und jetzt hören Sie genau zu. Sie kommen nach der laufenden Nummer. Sie treten auf die Bühne und verneigen sich tief vor den Gästen. Sorgen Sie dafür, dass Ihr Humor, falls Sie diesen einsetzen, äußerst gewählt ist, die Lords verzehren ihr Abendessen. Und verbeugen Sie sich wieder, wenn Sie die Bühne verlassen. Benehmen Sie sich absolut ehrerbietig. Das ist keine schmuddlige Kneipe auf Erde.«

Paddy nickte und ging zum Bühneneingang, wo eine Frau von Erde einen exotischen Tanz aufführte. Die Musik kam aus einem Lautsprecherband, das rings um die Bühne verlief, und sie war so warm und bezaubernd wie der Tanz.

Das Badau-Publikum lauschte lächelnd und verfolgte den Tanz aufmerksam. Verdammte

Satyre, dachte Paddy und schaute ebenfalls dem Tanz zu. Die junge Frau trug einen vergoldeten Tanga über den schlanken, aber einladenden Hüften, eine kurze Bluse aus Gaze und einen hohen pagodenähnlichen Kopfschmuck. Sie drehte und schlängelte sich so aufreizend und vielversprechend, dass allen der Puls schneller schlug.

Die Musik wurde leiser, dann wieder lauter. Die einschmeichelnde Melodie wurde schneller und steuerte dem Höhepunkt zu. Die Tänzerin folgte dem Rhythmus wie ein Schatten der Wolke. Verschlungene Arme, ein sich aufbäumender schlanker Leib, eine Drehung der wohlgeformten Beine. Dann ein tiefer Knicks und Abgang von der Bühne.

»Mann!«, sagte Paddy mit glitzernden Augen. »Das wäre eine Reisepartnerin für mich. Da würde ich glatt die Frauen auf Maeve vergessen.«

»Der Zauberer Schwarz enthüllt das uralte Arcana und die Mysterien von Erde«, verkündete eine Stimme dem Publikum.

»Los, auf die Bühne!«, sagte der Bühnenmanager. »Ihr Auftritt! Und machen Sie's gut.«

Paddy sträubte sich wie ein störrisches Pferd. Die Zeit war gekommen. Der Moment der Wahrheit. Dort war ein Saal voll Badau-Lords, die unterhalten werden wollten. Sie waren stumpfsinnig, mitleidslos und feindselig. Selbstverständlich würde er sie ein wenig aufheitern.

Der Manager schob ihn vorwärts. »Los, gehen Sie schon raus!«, sagte er. »Und vergessen Sie meine Anweisungen nicht.«

Paddy fühlte sich auf der Bühne nackt. »Verehrte Damen und Herren, Sie werden jetzt Wunder sehen, die Sie sich in Ihren kühnsten Träumen nicht vorstellen können. Halten Sie sich fest. Hier habe ich ein Spiel mit zweiundfünfzig Karten – das älteste Spielzeug, das die Menschen kennen, abgesehen vom Schachbrett. Und ich bin stolz sagen zu können, dass es keinen größeren Meister des Kartenspiels gibt als mich, Harry Schwarz, größter Magier aller Zeiten.«

Hinter dem Rücken teilte er das Pack. »Und jetzt lege ich Ihnen die Karten auf eine Art und Weise aus, dass Sie noch viele Jahre darüber sprechen werden.«

Er hielt die Karten vors Gesicht. »Diese erste Karte zählt nicht. Ich möchte Ihnen nur das Pack zeigen.« Karten hinter den Rücken und wieder nach vorn. »Und das hier ist der Pik-Bube, die Kreuz-Drei, Karo-Fünf …« Das Publikum saß apathisch da. Dann hörte er es zischen.

»Sie meinen, das reicht? Nun gut, das war nur zum Aufwärmen. Jetzt kommt das Springen der Asse. Nur eine Minute – ich drehe Ihnen den Rücken zu und zähle die Karten. So, schauen Sie her. Das ist das Kreuzass, das Pikass und dazwischen das Karoass. Das sehen Sie genau.

Und jetzt – ich lege eine Karte ganz nach oben,

eine in die Mitte und eine als unterste. Ich hebe ab. Damit werden die Karten gemischt. Und jetzt blättern wir das Kartenspiel durch. Und was sehen wir? Alle sind wieder vereint.«

Ssss .... ssssss!

»Und jetzt«, sagte Paddy freundlich, »bitte ich einen netten Herrn zu mir auf die Bühne und eine Karte zu ziehen ... Bitte! ... Würde jemand die Güte besitzen und eine Karte ziehen? ... Alle sind wohl ein bisschen scheu, was? ... Nun gut, dann ziehe ich selbst eine, aber nur Sie sehen die Karte, nicht Harry Schwarz.

Ah!

Und hier ist die kleine Karte – können Sie sie alle sehen? So, jetzt stecke ich sie unten rein und mische. Damit vergrabe ich die Karte unauffindbar im Pack. Und jetzt kommt Harry Schwarz mit seinem geübten Blick. Er schaut sich die Gesichter an mit seinen Augen, die so scharf sind wie die vom Fuchs aus Wicklows. Und *wusch!* Es ist die Herz-Neun! Ist das nicht ein echtes Wunder?«

Paddy duckte sich. Eine Orangenschale flog an seinem Ohr vorbei. Paddy verbeugte sich. »Ich danke Ihnen, verehrte Damen und Herren. Das ist alles für heute.«

Er verließ rückwärts die Bühne. »Kaltes Publikum«, sagte er zu dem schweigenden Manager. »Und wo ist meine Frau?«

»Wenn sie nicht wäre, würde ich Sie sofort aus

dem Hotel werfen lassen«, sagte der Manager mit kühler Stimme.

»Was meinen Sie mit: ›Wenn sie nicht wäre?‹« fragte Paddy dümmlich.

»Sie haben sie doch tanzen gesehen« antwortete der Manager verächtlich. »Die Lords schienen sie zu mögen. Ich gebe Ihnen den Rat, heute Nacht in Ihrem Bett zu bleiben.«

Paddy ging ein Licht auf. »Tanzen? Sie meinen, sie war ...« Er schlug sich an die Stirn. »Und das war ... schon gut, egal. Wo steckt diese kleine Betrügerin jetzt?«

»Sie ist in der Garderobe und wartet auf die nächste Serie.«

»Ich muss mit ihr sprechen«, rief Paddy und rannte die Rampe hinunter. Dann stieß er mit Fay zusammen, die soeben um die Ecke bog.

»Wir müssen weg«, flüsterte Paddy. »Sie werden uns gleich verfolgen.«

»Warum diese Eile?«, fragte Fay kühl.

»Ich war in der Suite 10, um das Buch zu holen. Ich hatte es schon in den Händen, als der grimmigste aller Ratsherren hereinkam und es mir wieder wegnahm. Sobald er sieht, was drin steht, und die Bedeutung erkennt, hetzt er uns sämtliche Hunde auf den Hals. Je schneller wir wegkommen, desto besser.« Paddy machte eine Pause, um Luft zu schöpfen. Fay betrachtete ihn mit leichtem Lächeln.

Paddy seufzte tief und fuhr sich durchs

schwarze Haar. »Nein, nein – das nützt nichts. Du läufst weg und wartest auf mich im Schiff. Ich suche den Muskelprotz und entreiße ihm das Buch. Ich werde es schon bekommen, das steht fest.

Aber du musst sofort loslaufen, damit sie nicht uns beide erwischen.« Er sah zu dem Manager hinüber. »Außerdem glaube ich nicht, dass sie heute Nacht mit dir Gutes vorhaben.«

»Paddy, wir gehen gemeinsam«, erklärte Fay. »Und der Badau wird nichts in dem Buch finden. Ich war vorher da und habe das Memorandum des Sohns herausgetrennt. Es ist jetzt hier in meinem Schuh. Je früher wir wieder im Schiff sind, desto besser.«

8 Paddy erwachte aus dem Tiefschlaf und stellte fest, dass das Schiff frei dahinschwebte. Er schaute durchs Bullauge. Der Weltraum umgab ihn wie eine riesige klare Wassermasse. Achtern glitzerte Scheat, seitlich hing der gelbe Alpheratz und vor ihm zog sich die Lichterkette der Sterne von Andromedas Leib – Adhil die Schleppe, Mirach die Lenden und Almach die Schulter.

Paddy zog den Reißverschluss der elastischen Decke auf, kletterte heraus und ging in die Dusche. Dort zog er sich aus und schaltete den Nebel ein. Der Nebelschaum drang in die Poren ein und schwemmte Öl, Staub und Schweiß heraus. Ein warmer Luftstrom trocknete ihn.

Er zog sich an und ging aufs Brückendeck, wo Fay über den Kartentisch gebeugt stand. Ihr schwarzes Haar war zerzaust, die Linie ihres Profils so klar und zart wie eine mathematische Kurve.

Paddy machte ein finsteres Gesicht. Fay trug ihre weiße Bluse, dunkelgrüne Hosen und Sandalen. Sie wirkte sehr ruhig und sachlich. Vor seinem geistigen Auge stiegen die Bilder der beinahe nackten Tänzerin mit dem fantastischen goldenen Kopfschmuck auf. Er sah die Bewegungen ihres cremefarbenen Körpers. Das Spiel der Muskeln, die hingebungsvolle Neigung des Kopfes. Und das hier war dieselbe Frau.

Fay schaute ihm in die Augen und lächelte ein

wenig, als könnte sie seine Gedanken lesen. Das machte ihn wahnsinnig.

Paddy schwieg weiterhin gekränkt, als hätte Fay ihn betrogen. Fay tat nichts, um ihn zu besänftigen. Sie mochte wohl ihre Gründe haben. Sie wandte sich wieder der Metallplatte zu, die sie aus dem Badau-Buch genommen hatte. Nach einer Minute lehnte sie sich zurück und reichte Paddy die Platte.

Darin war mit baldauischer Blockschrift ein Text eingraviert. Der erste Abschnitt beschrieb die Raumfahrtantriebsröhre, nannte die optimalen Abmessungen, die Zusammensetzung und die triaxialen Gleichungen für die inneren und äußeren Flächen.

Der zweite Absatz spezifizierte den Typ der Feldspulen, die erfahrungsgemäß am effektivsten waren. Es folgten zwei Kolonnen mit fünfstelligen Zahlen, jeweils drei in einer Kolonne. Paddy erinnerte sich an den Geheimraum auf Akhabats, in den er eingebrochen war, und wusste daher, dass es sich um die Einstellungen für die Feldstärke handelte.

»Ich habe die pherasische Kapsel auch aufgemacht und hineingeschaut«, sagte Fay. »Darin war eine dünne Metallplatte, so ähnlich wie diese. Darauf war die Beschreibung der Röhre, aber anstatt die Details über die Wicklung zu beschreiben, stand da alles über den Abstand.«

Paddy nickte. »Verdoppelung der Information.«

»Wir haben zwei von diesen Dingern«, sagte Fay mit ernster Miene. »Und es ist ausgesprochen ungemütlich, sie mit sich zu tragen.«

»Ich habe das Gleiche gedacht«, sagte Paddy. »Und da wir nicht zur Erde können – na ja, sehen wir mal. Delta Frianguli würde sich anbieten, und da gibt es einen unbewohnten Planeten.«

Der Planet war tot und stumpf wie Klinker. Er hatte eine netzförmig gemusterte Oberfläche aus schwarzen Ebenen und unregelmäßigen Erhebungen und Kratern aus Schlacke, von denen manche fünftausend Meter hoch und fünfzehn Kilometer breit waren.

Paddy machte eine ungeduldige Geste. »Das Problem ist nicht so sehr, unsere Beute zu verstecken, als vielmehr, sie wiederzufinden.«

»Es ist ein großer Planet«, sagte Fay unsicher. »Ein Fleck sieht wie der andere aus.«

»Es ist eine Missgeburt unter den Planeten«, erklärte Paddy. »Ein schmutziger Ausgestoßener, gemieden von jeglicher Zivilisation – alles zerklüftet und schmutzig. Ich möchte höchst ungern da unten zu Fuß unterwegs sein.«

»*Da*!«, rief Fay. »Da ist ein Orientierungspunkt – diese Säule, dieser vulkanische Turm oder was es auch ist.«

Sie landeten auf dem schwarzen Sand der Ebene, der unter dem Schiff laut knirschte. Hoch über ihnen erhob sich die vulkanische Säule.

»Schau dir an, was das für ein Gesicht ist.«

Paddy deutete auf die eigenartigen Gesteinsformationen.

»Wie ein wütender Drache.«

»Wütender Drachenfels – so heißt er«, sagte Paddy. »Und da muss doch irgendwo in der Nähe ein kleines Loch sein.«

Sie überquerten in den Raumanzügen den ebenen Boden, aus schwarzem Sand, der unter ihren Füßen knirschte. Dann kletterten sie zur Säule hinauf und fanden einen passenden Spalt.

»Und jetzt müssen wir den Wütenden Drachen irgendwie markieren. Sonst können wir monatelang in dieser Öde umherfliegen und suchen«, sagte Fay.

»Ich weiß, wie wir ihn wiederfinden«, sagte Paddy. »Wir nehmen die Haube von einem Reserveraumanzug und lassen sie hier – mit dem Kopfhörer gegen das Mikrofon gedrückt und auf ›Sprechen‹ geschaltet. Wenn wir das nächste Mal herkommen, schicken wir eine Nachricht raus, der Empfänger nimmt sie auf und sendet sie an uns zurück. Und dann folgen wir einfach dieser Richtungsanweisung.«

Hinter ihnen lag der Planet Delta Trianguli. Paddy schaute nach vorn. »Adhil ist der nächste, danach Loristan.«

Er nahm den Schlüssel und betrachtete die eingravierten Buchstaben: RXBM NON LANG SON.

Er kaute auf der Lippe. »Das ist jetzt ein ganz neues Problem. Auf Alpheratz A und auf Badau wussten wir wenigstens, in welcher Schnapsbude wir was bekommen würden. Diesmal haben wir einen Schlüssel, und auf Loristan gibt es eine Million Türen, ganz zu schweigen von Kassetten, Schubladen, Spinden, Vorhängeschlössern, Vorratsschränken –«

»So schwierig ist es nicht«, unterbrach ihn Fay, ohne den Kopf zu heben.

»Nein? Und weshalb nicht? Bitte, sag es mir.«

»Loristan ist Banker, Makler und Finanzier für die Langtry-Welten. Die Loristan-Bank reguliert die Währung für die gesamte Galaxis, und es gibt nichts Vergleichbares zu ihren Sicherheitskassetten. Sie sind so sicher, dass nicht einmal die Söhne von Langtry eine Kassette aufbrechen könnten. Und dazu dient der Schlüssel. Er ist für eine Sicherheitskassette.«

»Und weshalb ist dieses Sicherheitssystem so sicher?«, fragte Paddy.

Fay lehnte sich zurück. »Erstens ist der zentrale Tresorraum in einen zwanzig Zentimeter dicken, harten Mantel eingebettet und zusätzlich durch Minen geschützt. Danach kommt eine Schicht aus geschmolzenem Eisen, dann Durolit und Isolierung und erst danach der Tresorraum. Zweitens wird alles automatisch in der Bank abgewickelt, ohne dass ein Mensch die Sachen in die Hand nimmt oder sie kennt.

Du gehst zur Bank, kaufst eine Kassette, legst deine Wertsachen hinein und nimmst den Schlüssel. Dann verschließt du die Kassette mit irgendeiner Buchstabenkombination, die dir gefällt, und schiebst die Kassette auf eine Rutsche. Die Maschine schafft die Kassette weg und stapelt sie. Wo das ist, weiß niemand, auch nicht, wem was gehört. Die einzigen Aufzeichnungen sind in einem großen Gelatinehirn.

Um deine Kassette zu bekommen, gehst du zu irgendeiner Filiale, gibst deinen Kode mittels der Knöpfe ein, steckst den Schlüssel hinein, und die Kombination bringt dir deine Kassette. Weder der Schlüssel allein noch der Kode allein bewirkt irgendwas. Der Kassetteninhaber ist also doppelt gegen Diebstahl geschützt.

»Sollte einer den Schlüssel verlieren oder den Kode vergessen, muss er die Zehnjahresfrist abwarten, nach der sämtliche Kassetten, die so lange unberührt geblieben sind, automatisch ausgespuckt werden.«

»Aha«, sagte Paddy. «Dann müssen wir lediglich auf Loristan landen, den Schlüssel benützen und wieder abfliegen?«

»Das ist alles«, bestätigte Fay. »Es sei denn …«

»Was?«

»Hör mal.« Sie schaltete das Raumwellengerät ein. Eine Stimme in der Sprache der Shaul wurde hörbar. »An alle Bürger des Schwarms. Haltet Ausschau nach Paddy Blackthorn und der jungen Frau, die ihn begleitet. Beide sind Erdlinge und verzweifelte Verbrecher. Belohnung für ihre Ergreifung sind lebenslänglich eine Million Mark pro Jahr sowie lebenslängliche Amnestie für sämtliche Verbrechen, die Freiheit des Universums und der Rang eines Langtry-Lords.«

»Sie sind wirklich ganz wild auf uns«, sagte Fay.

»Pssst!« Sie hörten, wie der Shaul sie detailliert beschrieb.

Dann wiederholte eine andere Stimme die Meldung in Koton. Fay schaltete das Gerät aus.

»Wir werden gejagt wie damals Grover O'Leary den weißäugigen Hirsch gejagt hat – verbissen und mit sämtlichen Tricks.«

»Ich habe versucht, mit Erde Kontakt aufzunehmen, aber die Verbindung ist immer noch gestört«, sagte Fay. »Zweifellos ist die Blockade enger als je zuvor.«

Paddy brummte unwirsch. »Und wie steht's mit deiner Erd-Agentur, für die du so erschöpfend trainiert hast und der du offensichtlich mit allen deinen Kräften dienst?«

Fay setzte ihr leichtes Lächeln auf. »Paddy, weißt du, dass ich nur drei Menschen in der Welt traue? Mir, dem Chef der Agentur und dir. Schließlich sind die Agenten Menschen. Diese Belohnung verdreht wohl fast allen den Kopf. Und alles für nur ein Mal flüstern.«

»Je weniger Bescheid wissen, desto besser«,

pflichtete ihr Paddy bei. Er fuhr sich mit der Hand durch die Haare. »Schwarzhaarig, haben sie gesagt. Sie müssen Dr. Tallogg erwischt haben.«

»Oder sie haben die Vandalen von Erde auf Alpheratz A und die unfähigen Künstler in der ›Kamborogischen Pfeilspitze‹ miteinander verknüpft.«

»Der Tanz war sexy und alles andere als unfähig. Du hast so ausgesehen, als hättest du eine Menge Erfahrung.«

Fay stand auf. »Jetzt sei doch nicht so altjüngferlich. Ich verfüge über eine gute Koordination und außerdem hatte ich Ballettunterricht. Und überhaupt – was geht dich meine Vergangenheit an? Ich bin doch nicht dein Typ. Du magst doch diese kuhäugigen übergewichtigen Maeve-Weiber, erinnerst du dich? Da hat man richtig was in der Hand, erinnerst du dich?«

»Ja, aber das war, ehe ich deine Samthaut gesehen habe«, sagte Paddy. »Und jetzt bin ich versucht zu wechseln.«

»Quatsch! Ich bin unattraktiv. Erinnerst du dich? Mit einem dünnen Hintern, richtig?«

»Na schön«, sagte Paddy und wandte sich ab. »Da du ein Gedächtnis wie der rachsüchtigste Elefant von ganz Indien hast, bist du immer noch unattraktiv und immer noch zu dünn.«

Fay grinste. »Wir sollten unser Äußeres verändern. Im Spind sind Haarwaschmittel und Optichrom. Vielleicht sollten wir eine Zeitlang blond sein. Unsere Kleidung färben wir auch. Und ich werde dein Haar kurz schneiden und mich auch anders frisieren.«

Loristan war eine kleine und sehr bergige Welt. Große Wälder mit kilometerhohen Bäumen, versorgten die Luft mit Sauerstoff und die erste Erfahrung jedes Besuchers in dieser niedrigen Schwerkraft und dem hohen Sauerstoffgehalt war eine leichte Hochstimmung.

Während die Gebäude in den Städten auf Alpheratz A und Badau sehr niedrig und zweckmäßig waren, ragten in Rivveri und Tham, den Zwillingsstädten auf Loristan, spektakuläre Türme in die Luft. Riesige gebogene Metallplatten hingen dazwischen, oft nur aus Freude an der Zierde und ohne tragende Funktion. Überall prangten satte Farben. Auf Loristan gab es keine Düsterkeit, auch nichts von dem pherasischen Mystizismus oder der Stumpfheit der Badaus. Hier herrschte reges Treiben, Aggressivität und Aktivität.

Paddy hatte jetzt himmelblaue Augen und kurzes blondes Haar. Diese Kombination verlieh ihm eine jungenhafte Naivität. Er trug ein blaues Hemd mit Mustern wie aus der pendulistischen Schule. Schlaghosen flatterten um seine Knöchel.

Und Fay – wo war die trübsinnig dreinschauende dunkelhaarige junge Frau, die Paddy beim ersten Mal gesehen hatte? Hier war ein strahlendes Geschöpf mit weißgoldenen Engelslocken, Augen so blau wie ein frostiger Morgen und einem Erdbeermund. Jedes Mal, wenn Paddy sie anschaute, stöhnte er im Inneren und das Wort Maeve war ihm inzwischen verhasst. Zweimal versuchte er, sie zu packen und zu küssen, aber zweimal bückte sie sich und sprang fort. Schließlich versank Paddy in mürrisches Schweigen.

Loristan kam näher. Die Zwillingsstädte funkelten wie Juwelen.

»Und, wie wollen wirs machen?«, fragte Fay. »Sollen wir heimlich irgendwo im Wald landen oder tollkühn und verwegen auf dem öffentlichen Rollfeld runtergehen?«

Paddy zuckte mit den Schultern. »Wenn wir versuchen uns im Wald oder in diesem großen Sumpfgebiet zu verstecken, der auf der Karte eingezeichnet ist, kommen ein Dutzend Wachschiffe geflogen wie die Vögel zur Muskatnuss. Aber wenn wir auf dem öffentlichen Feld landen, reiben sie sich die Hände und sagen: ›Fein, wieder ein Paar Erdlinge, das wir ausnehmen können.‹ Und weiter denken sie nicht.«

»Ich hoffe, du hast Recht«, meinte Fay. Sie betätigte die entsprechenden Instrumente, um das Schiff nach unten zu lenken. Leise landeten sie auf dem Feld, inmitten einem Dutzend anderer Schiffe ähnlichen Modells. Zehn Minuten lang blieben Paddy und Fay sitzen und beobachteten durch die Aussichtskuppel die Umgebung, ob jemand für sie ungebührliches Interesse bekundete.

Aber niemand schien sich um sie zu kümmern. Andere Schiffe hoben ab und landeten. Aus einem ankommenden Schiff stieg ein dunkelhaariges Paar von Erde. Zufällig trug der Mann eine blaue Kombination.

Fay stieß Paddy in die Seite. »Komm, wir folgen diesen beiden. Wenn jemand Verdacht schöpft, dann fällt der unweigerlich auf dieses Paar.«

Die beiden Erdlinge schlenderten vom Feld, und niemand würdigte sie eines zweiten Blickes. Mit gestärkter Zuversicht folgten Paddy und Fay ihnen durch die Halle des Terminals und hinauf auf die leuchtenden Straßen Rivveris.

»Da ist die Bank«, sagte Fay und deutete auf ein Gebäude mit Turm aus rotem Marmor mit gewundenen Streifen aus Silber. »Siehst du die Schalter an der Seite? Da befinden sich die Wertsachendepots. Man muss nicht einmal hineingehen.«

»So leicht kanns nicht sein«, murmelte Paddy vor sich hin.

»Stimmt, kann es nicht sein«, meinte Fay. »Ich habe das gleiche Gefühl. Als wäre diese Stadt mit einer Einbruchanlage gesichert – eine Falle – als wäre dieser rote Turm nur ein Köder für Paddy Blackthorn und Fay Bursill.«

»Es ist so eine Ahnung«, sagte Paddy. »Ich habe irgendwie ein ungutes Gefühl, dass hier etwas stinkt.«

Fay schaute mit ihren neuen blauen Augen die Straße hinauf und hinunter. »Jede Ahnung hat angeblich unbewusste Gründe.«

»Es ist alles zu heiter und zu offen. Schau dir diese buttergelben Loristaner in den albernen Faltenröckchen an, wie sie schwachsinnig lächeln, und diese betont lustigen Kappen! Es ist, als würden sich alle ständig mit den Ellbogen anstoßen und sich auffordern den Riesenspaß zu genießen, wenn die Axt auf Fay und Paddy fällt.«

Fay straffte die Schultern. »Gib mir den Schlüssel. Wir müssen die Chance wahrnehmen. Schließlich haben wir zwei Fünftel der Daten und könnten immer um unser Leben feilschen.«

»In der Nervenröhre feilschst du nicht mehr«, meinte Paddy mit finsterer Miene. »Du redest – und das gern. Diese beiden Metallplatten sind nicht sicher, bis wir sie nicht mehr in Händen halten.«

»Na gut, aber wir müssen das Risiko eingehen. Gib mir den Schlüssel. Du wartest hier, und wenn irgendwas schief läuft, gehst du zurück zum Schiff und fliegst so schnell wie möglich zum Delta Trianguli, holst die Platten und fliehst mit ihnen.«

Paddy schnaubte. »Wofür hältst du mich? Ich finde, du wirst zu waghalsig und unabhängig.

Wie kannst du mir Befehle erteilen? Ich werde in die Höhle des Löwen gehen. Es hat noch keinen Blackthorn gegeben, für den ein Weib die Kastanien aus dem Feuer geholt hat, und wir fangen damit nicht jetzt hier auf diesem Rauschplaneten Loristan an.«

»Hurra, Hurra, Hurra!«, jubelte Fay. »Du klingst, als wärst du ein Kandidat im Wahlkampf.« Aber sie lächelte und fühlte sich offensichtlich geschmeichelt. »Wir gehen beide. Dann gibt es keinen Streit, und wir können uns beide wie Helden fühlen.«

Mit klopfenden Herzen gingen sie zu dem Anbau und fanden eine leere Kabine. Ein bewaffneter Wachmann stand an beiden Enden der Schalterreihe, aber keiner schenkte ihnen Beachtung.

Paddy schob den Schlüssel in den Schlitz. Fay drückte den Kode auf den Knöpfen: RXBM NON LANG SON. Dann kam die Warterei. Zehn Sekunden, zwanzig Sekunden – es war eine lähmende Ewigkeit.

Oben auf dem roten Turm ertönte eine schrille Sirene. Die Türen zur Bank glitten auf, zwei bewaffnete Sicherheitsleute schritten zur Schalterreihe.

Paddy straffte die Schultern. »Lauf, Fay – schnell! Ich halte sie auf. Mich kriegen sie nicht lebend. *Lauf los,* Mädel! Zum Schiff. Du weißt, wo das Zeug versteckt ist.«

Fay kicherte nervös. »Sei still, du Trottel. Es ist Mittagszeit. Das ist die Ablösung der Wachleute.«

Rasseln, Klicken – ein Paket fiel ins Schubfach ihrer Kabine.

Fay holte es heraus. Das grünorangefarbene Medaillon der Loristan-Langtrys war darauf.

»Jetzt schnell zurück zum Schiff«, sagte sie.

»Sie beobachten uns sicherlich wie Falken«, zischte Paddy.

»Komm schon. Du benimmst dich, als hättest du die Bank ausgeraubt.«

Sie gingen schnell über den Platz und dann durch die Tür der Glasfassade des Terminals. Dahinter kam bereits die Landebahn. Kaum hatten sie diese erreicht, lief ein bewaffneter Sicherheitsmann laut rufend auf sie zu.

Paddy drehte sich um und steckte die Hand in die Tasche, wo er die kleine Pistole trug. »Zum Schiff, Fay«, stieß er zwischen zusammengebissenen Zähnen hervor. »Lauf, du hast noch genügend Zeit.«

»Nein«, entgegnete Fay. »Du irrst sich schon wieder. Er will uns lediglich warnen, dass ein Schiff auf unseren Köpfen landen wird.«

Paddy schaute nach oben und sah die Unterseite eines großen Ausflugsschiffes keine sechzig Meter über ihm. Sie rannten gebückt aus der Gefahrenzone.

Da war ihr Schiff – der vertraute kleine Rumpf,

der so viel leeren Raum durchquert hatte, die Beobachtungskuppel, durch die sie unzählige Sterne gesehen hatten.

»Rein!«, rief Paddy. »Schnell! Irgendwo ist eine Falle. Das rieche ich. Sie verfolgen uns zu unserem Schiff, und sie haben unser Triebwerk kurz, geschlossen.« Er lief zu den Instrumenten und legte den Hebel zum Ablegen um. »Siehst du! Tot. Kein Saft!«

»Selbstverständlich nicht«, sagte Fay ruhig. »Die Luke ist noch offen.«

Sie schloss die Luke. Paddy schaltete die Energie für die Düsen ein, und das Schiff erhob sich in den strahlend hellen Himmel über Loristan.

»So leicht *kann* es nicht sein«, sagte Paddy und wischte sich den Schweiß von der Stirn. »Da muss irgendein Haken sein, irgendein Trick.«

»Ja, so leicht kann es nicht sein«, stimmte Fay zu. »Ist es aber. Niemand verfolgt uns. Niemand weiß, dass wir überhaupt hier waren.«

Paddy sank in den Sitz. »*Puh*!« Er seufzte. »Es wäre weniger Stress für meine armen Nerven, wenn wir ein bisschen Ärger hätten. Dann hätte ich das Gefühl, wir hätten unsere Beute redlich verdient.«

Fay lachte und warf das Paket auf den Tisch und riss es auf.

Der Inhalt glich den anderen beiden. Im ersten Absatz war, wie auf der pherasischen Platte, der

Abstand zwischen den Aktivierungsspulen genannt. Der zweite Absatz nannte detailliert die Zeitsequenzen für jede der fünf Spulenbänder. Es folgten wie auf den anderen Platten zwei Kolonnen mit jeweils drei Ziffern.

»Wir sind auf dem Weg nach Delta Trianguli und dem Wütenden Drachenfelsen«, sagte Fay. »Und dann zum Almach, und wir werden ja sehen, wie die Shauls uns behandeln.«

9 Almach lag rechts unter ihnen. Vor ihnen hing die unheimliche Oberfläche von Shaul. Paddy wandte sich vom Teleskop ab.

»Der erste Langtry-Sohn war wahnsinnig, als er diesen Planeten ausgesucht hat«, stieß er angewidert hervor. »Er ist wie die Hölle, die mir der alte Vater O'Toole vorausgesagt hat. Ich glaube, lieber würde ich mir eine Hütte im Schatten des Wütenden Drachen bauen.«

»Shaul ist sehr schön«, sagte Fay ruhig. »Auf eine Angst einflößende Art und Weise.«

»Der Planet ist die reinste Satansküche. Sieh doch! Dort – diese orangen Flecken. Sind das Vulkankrater oder nicht?«

»Sind es.«

»Und diese Lavaströme und rauchenden Aschenkegel und die Staubstürme. Wie kann ein Mensch auf so einem Planeten leben?«

»Ihnen sind Hautlappen gewachsen, um Nacken und Gesichter zu schützen«, erklärte Fay. »Sie haben eine Toleranz gegen die Säure in der Luft entwickelt und fühlen sich nur gut, wenn sie die fantastischen Erze und Juwelen von Shaul abbauen.«

»Ich habe keinen Hautlappen«, meinte Paddy mürrisch. »Ich mag Säure nicht und seit der Sache auf Akhabats schon gar keine Tunnel – allerdings spielen meine Wünsche ja keine Rolle. Also, wohin fliegen wir?«

»Corescens«, antwortete Fay. »Die hintere

Wand. Bestrahlen mit 685, 1444, 2590, 3001 Angström. Fotografieren.«

Verblüfft schaute Paddy sie an. »Du kannst dich an alle diese Zahlen erinnern?«

Fay verzog die Lippen zu einem scheuen Lächeln. »Ich habe ein gutes Gedächtnis. Und wir haben es in der Agentur trainiert. Wenn man weiß, wie, kann man sich Zahlen leicht merken.«

Paddy machte ein langes Gesicht. »Und jetzt wirst du mir gleich erklären, wie man es macht. Sechs acht fünf – sechs plus acht. Das ergibt vierzehn. Eins plus vier ergibt fünf, und das ist die dritte Zahl. Also die eins und vier in eins vier vier vier. Die beiden letzten Vieren ergeben acht und da es zwei davon gibt, muss man es verdoppeln, und das ergibt sechzehn. Sechs minus eins ist fünf, und dann hast du deine eins vier vier vier. Und jetzt zwei fünf neun ist –«

»Wenn du aufhörst, wie ein Idiot zu reden, kannst du ja Corescens im Almanach aufschlagen«, unterbrach ihn Fay.

Paddy blätterte im Langtry-Verzeichnis. »Es steht kein Corescens drin.«

»Nicht?«, fragte Fay.

»Nein. Aber wir finden es. Und wir brauchen eine Kamera und eine Möglichkeit, diese Strahlung auf den angegebenen Frequenzen auszusenden.«

»In dem vorderen Spind ist eine gute Kamera. Fach Fünf, glaube ich. Wir brauchen Respiratoren, aber die bekommen wir sicher im Raumfahrtterminal, und ich schätze, wir können uns einen Projektor in Aevelye bauen lassen.«

»Richtig. Und jetzt ist eine Stunde zu Ende. Lass uns die Nachrichten hören.«

Fay schaltete das Raumwellengerät ein. Eine Shaul-Stimme sprach aus dem Netz. »Eine offizielle Verlautbarung aus der Hauptstadt hat die Gerüchte bestätigt, die seit Wochen im System umherschwirren.

»Kolcheyou, Shaul-Sohn von Langtry, wurde von einem Piraten von Erde auf der jährlichen Ratsversammlung zusammen mit den Söhnen von Alpheratz A, Badau, Loristan und Koto, ermordet.

Der Erdling, ein Verbrecher namens Patrick Blackthorn, ist entkommen und jetzt das Ziel der intensivsten Menschenjagd der Geschichte. Es gibt Hinweise, dass Blackthorn mit wertvollen Raumantriebsdaten entkam.

Der neue Shaul-Sohn von Langtry, Cheyonkiv Dessa, hat erklärt, dass der Massenmord keinen Notfall herbeigeführt hat, dass die unvorstellbar hohe Belohnung lediglich ausgesetzt ist, um das Erd-Ungeheuer der gerechten Strafe zuzuführen.

Blackthorn wurde an Hunderten verschiedener Orte gesichtet. Jede Meldung wird von der örtlichen Polizei sorgfältig geprüft. Nachweislich war sein letzter Aufenthaltsort Pik-Ass, Schwarm der Diebe, in Begleitung einer jungen Erd-Frau, deren Name nicht bekannt ist. Es gibt aber noch weitere Hinweise, welche zum jetzigen Zeitpunkt der Öffentlichkeit noch nicht bekannt gegeben werden.«

Paddy ließ sich in den Sitz sinken. »*Ha*! Man sucht uns! Und das intensiv!«

»Es gibt den gesamten Weltraum, wo man sich verstecken kann, viele kleine und viele große Planeten«, sagte Fay. »Die Vermutung liegt nahe, dass wir geradewegs abgeflogen sind und den Schwarm längst verlassen haben.«

Paddy verzog das Gesicht. »Ich sehe ständig das Bild vor mir, wie man uns an den Fersen an einem Pfosten aufhängt oder wie wir in einem Nervenanzug strampeln.« Er wischte sich die Stirn ab und fuhr mit der Hand durch die blonden Borsten. »Dieses Leben von Hase und Jagdhund zeigt einem, was das Leben so wert ist. Und kein Priester in der Nähe, der einem hilft, ins verheißene Land zu gelangen.«

»Pfff!«, sagte Fay. »Du kannst bei mir beichten, wenn du willst.«

»Sehr gut, warum nicht? Zweck der Beichte ist, dass man seine Seele von der Schuld befreit. Nun gut, Schwester.« Paddy betrachtete das Schott. »Da ist eine Sünde, die ich auf dem Planeten Maeve begangen habe, aber nur, weil ich fürchterlich in Versuchung geführt wurde.

Ah, da ist ein grüner Garten in Meran – eine Terrasse, wo Menschen unter Platanen sitzen und das weiche gaumenfreundliche örtliche Bier schlürfen. Dann kommen diese Mädchen mit den sanften Augen, die ihre Schultern und die nackten braunen Beine schwingen.

Sie tragen im Nabel Perlen und Smaragde in den Ohren. Und wenn sie dir diese langen tiefen Blicke zuwerfen, liegt ein Fluss voll Honig zwischen dir und dem Willen, ein anständiges christliches Leben zu führen. Er verfliegt wie Möwen am Strand. Und dann –«

Fay zog ein wütendes und angewidertes Gesicht. »Eine Beichte? Ha! Du brüstest dich doch nur!« Sie ging durch die Kabine. »Die Shauls haben Recht. Diese primitiven Erdlinge denken nur an ihre Drüsen.«

»Also, Moment mal, meine Liebe –«

»Ich bin nicht deine Liebe! Ich bin eine Erd-Agentin. Und wenn das nicht das Wichtigste in meinem Leben wäre, würde ich sofort kehrtmachen, zur Erde fliegen und dich so weit wie möglich aus meinem Gesichtskreis verbannen.«

»Also, ruhig. Du weißt gar nicht, wie süß du aussiehst, wenn dein Gesichtchen vor Wut ganz rosa ist.«

Fay lachte empört. »Wut? Nie im Leben!« Sie ging in die Kombüse und goss sich Suppe in eine Schüssel, die sie mürrisch schweigend mit ein paar Kräckern aß.«

»Wir landen in ein oder zwei Stunden«, sagte sie, ohne Paddy anzuschauen.

Paddy legte ihre Worte als eine Einladung aus, sich zu ihr zu setzen. Nachdenklich kaute er auf einem ihrer Kräcker.

»Es ist eine traurige Verantwortung für ein Paar sündiger Erdlinge ... Ja, wenn wir den alten Vater O'Toole bei uns hätten ... Er würde die Daten nehmen, sie im Talar verstecken, zurück zum Schiff gehen, und niemand würde es wagen ihn aufzuhalten.«

»Vater O'Toole ist weit weg«, sagte Fay eisig. »Wir müssen dieses Problem allein lösen. Allerdings wünschte ich auch, er wäre hier und du wieder in Skibbereen ... Wir haben ein Problem, das du ständig ignorierst. Shaul ist nicht Loristan. Die Shauls haben das Hirn des ganzen Systems, und sie sind übermisstrauisch.«

»Hmmm.« Paddy runzelte die Stirn und trommelte auf den Tisch. »Wenn wir Journalisten wären, wenn wir landen, würde man uns mehr Freiheiten mit der Kamera einräumen.«

»Du bist ein Lüstling und ein Dieb, aber manchmal hast du eine richtig gute Idee«, sagte Fay.

Sie saßen schweigend da, bis Fay Paddy plötzlich mit großen Augen anschaute. »Wir müssen auf dem Zentralplatz landen, weil es keinen anderen gibt ... Wir müssen wieder diese Ungewissheit durchstehen, nur dass die Shauls noch vorsichtiger und gründlicher sind. Angenommen sie nehmen unsere Psychogramme?«

»Und wenn schon!«, sagte Paddy locker. »Weißt du nicht, dass ich drei verschiedene Männer bin? Ich bin Paddy Blackthorn, der irische Freibeuter und Patrick Blackthorn, der Stolz des St. Luke's Seminar, der Griechisch, Römisch und Gaelisch so gut sprechen kann, dass dein Ohr vor Vergnügen bebt. Und ich bin Patrick Delorcy Blackthorn aus Skebbereen, der Gutsherr und Pferdezüchter.«

»Und es gibt Paddy Blackthorn, den großartigen Liebhaber«, meinte Fay.

»Stimmt«, gestand Paddy. »Es gibt vier von mir und für alle unterschiedliche Psychogramme. Verstehst du jetzt, weshalb ich eine dreifache Chance habe, diese misstrauischen Teufel zu verwirren?«

»Wenn dir das gelingt, bist du jedenfalls der Erste. Du kannst deine Fingerabdrücke verändern, nicht aber deine Hirn-Strenuaten.«

Die Shauls hatten die Spitze eines alten Vulkans abgetragen und eingeebnet, um Aevelyes Landefeld zu schaffen. Als Paddy und Fay ihr Schiff herunterbrachten, sahen sie ein beeindruckendes Panorama des Ödlands, rotes, gelbes und grüngraues Felsgestein, zerklüftet und geborsten.

Direkt unter ihnen zerriss eine riesige Spalte den Planeten, eine Schlucht, die mehrere Kilometer breit und etliche tief war. Auf der einen Seite befand sich, auf Felsvorsprünge gebaut, die

Stadt Aevelye – weiße Häuser drückten sich an die Felswände und blickten über das Ehrfurcht einflößende Tal.

Als Almach unterging, spielte das Licht auf den Nebelfetzen, die im Tal in der Höhe des oberen Randes hingen. Die Farben waren wie fantastische Musik – grün, lavendel, orange, unglaubliche Pastellschattierungen durch das reflektierte und gebrochene Licht.

Das Schiff kam auf dem Flugfeld von Aevelye zum Stehen. Verglichen mit den Landebahnen auf Badau und Loristan war hier alles kahl und leer. Fay schüttelte sich. »Hier muss man uns ja bemerken.«

Paddy blickte durch die Kuppel hinaus. »Da kommen sie schon – die Kosaken!« Er tätschelte Fays Schulter. »Jetzt tapfer die Stirn bieten, Mädel.«

Vier Shauls fuhren in einem Jeep zum Schiff und sprangen heraus. Sie trugen enge Anzüge aus blauem metallischem Material, und drei hatten Karabiner über die Schulter geschlungen. Die Hautkapuzen, die sie steif aufgerichtet trugen, waren rot bemalt und mit Rangzeichen verziert. Der Offizier, er hatte einen schwarzen Stern auf der Kapuze, kletterte die Leiter hinauf und klopfte energisch an die Luke.

Paddy öffnete, ohne zuvor die Schleuse leer zu pumpen. Er musste wegen des beißenden Staubs, der dem Shaul in die Kabine folgte, husten.

Der Offizier war ein junger Mann, der einen sehr markigen und korrekten Eindruck machte. Er holte einen Stapel gedruckter Fomulare hervor. »Ihre Papiere, bitte.«

Fay gab ihm die Schiffsdokumente. Der Offzier studierte sie genau.

»Albuquerque Landefeld, Erde.« Er schaute auf, heftete die Augen auf Paddy und musterte ihn eingehend von Kopf bis Fuß. »Name, bitte?«

»Mr. and Mrs. Joe Smith.«

«In welcher Angelegenheit sind Sie hier auf Shaul?«

»Beruflich und zum Vergnügen«, antwortete Paddy heiter. »Wir sind Touristen und gleichzeitig Journalisten. Wir wollten eigentlich die große Tour machen. Aber als wir die Meldung über die Meuchelmorde hörten, dachten wir, dass wir vielleicht ein paar Fotos auf dem Planeten schießen könnten.«

»Erdlinge genießen auf den Fünf Planeten keinen guten Ruf«, sagte der Offizier leidenschaftslos.

»Aber wir gehen doch nur unserer Arbeit nach und versuchen davon zu leben«, protestierte Paddy. »Ganz gleich, ob es sich um Geburt, Tod, Krieg oder Frieden handelt. Und wenn Sie ein gutes Wort für uns einlegen, würden wir das ganz gewiss sehr zu schätzen wissen.«

Der Offizier ließ die Augen durchs Innere des Schiffes schweifen. »Es kommt nicht oft vor, dass

Journalisten von Erde in Aevelye in so kleinen Schiffen landen.«

»Ach was Sie nicht sagen!«, meinte Paddy begeistert. »Dann sind wir die Ersten? Und vom Fax-Syndikat ist noch keiner da? Das sind unsere Konkurrenten.«

»Nein, Sie sind die Ersten«, sagte der Offizier kühl. Er blickte wieder auf sein gedrucktes Formular. »Wie lange wollen Sie bleiben?«

»Ach, vielleicht eine Woche oder bis wir unseren Auftrag abgeschlossen haben. Dann fliegen wir vielleicht weiter zum Loristan oder Koto, um noch mehr zu sehen.«

»Aasfresser«, meinte der Offizier leise. Dann reichte er ihnen ein Stempelkissen. »Ihre Daumenabdrücke bitte.«

Vorsichtig drückten sie ihre Daumen aufs Formular.

»So« – er schrieb kurz – »hier ist die Quittung, und ich muss Ihre Waffen und Schlüssel in Verwahrung nehmen. Ihr Schiff ist in Verwahrung genommen. Wenn Sie abfliegen wollen, müssen Sie sich in Zimmer 12, in der Terminalhalle, melden und eine Genehmigung beantragen.«

»Moment mal«, protestierte Paddy. »Ist das nicht etwas überzogen? Nur mal angenommen, wir wollen einen Ausflug über den Planeten machen?«

»Tut mir Leid«, sagte der Offizier. »Zur Zeit haben wir den Notstand und müssen besondere

Sicherheitsvorkehrungen treffen, bis sich die Lage wieder normalisiert hat.«

»Schon gut, ein paar Unannehmlichkeiten machen uns nichts aus, wenn wir bekommen, was wir wollen«, versicherte ihm Fay nervös.

Der Offizier kopierte Daten von den Schiffsdokumenten. Nach einiger Zeit schaute er auf und holte zwei flache Schachteln hervor.

»Hier sind temporäre Atemgeräte, die Sie benutzen können, bis Sie permanente Respiratoren erhalten. Bitte, kommen Sie jetzt mit mir. Es gibt noch eine Formalität, die von allen Erdlingen verlangt wird.«

»Und was ist das?«, fragte Paddy trotzig. »Eine Rückkehr zum All als geschlossene Gesellschaft? Ich möchte Sie darauf hinweisen, dass ich ein Bürger von Erde und auch Irlands bin und –«

»Tut mir Leid«, unterbrach ihn der Offizier. »Ich befolge lediglich meine Vorschriften, welche besagen, dass sich alle Erdlinge, ganz gleich wie unschuldig, einem Psychogramm unterziehen müssen. Wenn Sie keine Verbrecher sind, brauchen Sie sich keine Sorgen zu machen. Sollten Sie welche sein, werden Sie der gerechten Strafe zugeführt.«

»Das Psychogramm ist kein geeignetes Instrument für unschuldige Menschen«, erklärte Paddy. »Das ist einfach entwürdigend! Lieber verlasse ich diesen Planeten und gebe mein Geld auf Loristan aus.«

»Das geht jetzt nicht mehr«, sagte der Offizier ungerührt. »Ich bedauere, dass Sie sich diesen Notstandsmaßnahmen unterziehen und gewisse Unannehmlichkeiten ertragen müssen. Bitte, folgen Sie mir jetzt.«

Paddy zuckte mit den Schultern. »Wie Sie wollen. Aber ich gebe zu Protokoll, dass ich energisch protestiere.«

Der Offizier antwortete nicht, schaute nur zu, wie Paddy und Fay die Respiratoren anlegten. Fays Miene war bestürzt, ihre Augen wurden feucht, als sie Paddy anschaute. Paddy bewegte sich mürrisch, aber zielstrebig.

Der Offizier wies ihnen im Jeep Sitze an und fuhr auf eine Rampe, die zu einer Halle unter dem Landefeld führte.

»In Zimmer B, bitte.«

In Zimmer B waren drei weitere Erdlinge, zwei empörte ältere Frauen und ein sechzehnjähriger Junge. Alle warteten auf ihre Psychogramme. Einzeln wurden sie in ein anderes Zimmer geführt, aus dem sie nach ungefähr einer Minute wieder herauskamen.

Schließlich winkte eine Shaul-Krankenschwester Fay zu sich. »Sie als Erste, bitte sehr.«

Fay stand auf und tätschelte Paddys Wange. »Es tut mir Leid, dass es so endet«, sagte sie leise und verschwand.

Gleich darauf wurde Paddy geholt.

Er betrat ein Zimmer, das abgesehen von

einem Schreibtisch, einem Stuhl und einem Psychografen leer war.

Ein Arzt stand da, während ein Sanitäter in blauer metallischer Uniform an einem Schreibtisch saß und die Aufnahmen auf dem Bildschirm mit einem Psychogrammmuster verglich, das daneben auf eine Tafel geheftet war.

Der Arzt schaute Paddy einmal kurz an, dann noch mal eingehender. »Auf diesen passen die physischen Daten«, sagte er zum Sanitäter. »Das Gesicht ist zwar verändert, auch Haare und Augen, aber selbstverständlich ... Bitte, nehmen Sie doch auf dem Stuhl Platz«, forderte er Paddy auf.

»Moment mal«, sagte Paddy. »Bin ich damit als gewöhnlicher Verbrecher abgestempelt?«

»Das wollen wir ja hier herausfinden«, erklärte der Arzt. »Wie auch immer, handelt es sich lediglich um eine Routineüberprüfung.«

»Und was ist das alles?«, fragte Paddy und deutete auf den Bildschirm und das Psychogramm daneben, das mit den vielen Linien wie eine Wetterkarte über dem Himalaja aussah.

»Das, mein Freund, ist das psychische Muster von Paddy Blackthorn«, sagte der Arzt ruhig. »Und wenn ich das sagen darf, das ist eines der seltsamsten Muster, das ich je gesehen habe. Es ist unverkennbar.

Es ist praktisch ausgeschlossen, dass jemandem Unrecht geschieht. Wenn Sie sich jetzt bitte setzen würden, damit ich diese Sensoren an Ihrem Kopf befestigen kann …«

»Das kann ich selbst tun«, meinte Paddy unwirsch und setzte sich. Er drückte die Sensoren auf seinen Kopf. »Fangen Sie schon an mit Ihrem verdammten bürokratischen Blödsinn.«

Der Arzt legte einen Hebel um. Paddy spürte ein leichtes Prickeln und eine vorübergehende Benommenheit.

»Das war's schon«, erklärte der Arzt und blickte zum Sanitäter hinüber.

»Seltsam«, sagte dieser. »Kommen Sie, Doktor …«

Der Arzt studierte verblüfft Paddys Muster und schüttelte den Kopf. »Eigenartig.«

»Was ist eigenartig?«, fragte Paddy.

»Ihr – äh, Muster. Es ist überhaupt nicht typisch. Sie können gehen. Danke.«

Paddy ging ins Wartezimmer zurück, wo Fay nervös hin- und herlief. Sie stieß einen kleinen Schrei aus. »*Paddy!*«

Die Schwester schaute sie erstaunt an und Paddy wurden die Knie weich. Fays Augen wurden groß und feucht. Sie errötete. Hastig nahm sie Paddys Arm und zog ihn hinaus in die Große Halle.

»Paddy«, flüsterte sie. »Wie bist du mit heiler Haut davongekommen? Mir ist draußen vor Angst fast das Herz stehen geblieben. Ich habe auf Geschrei und Kampflärm gewartet.«

»Psst«, unterbrach Paddy. »Nicht so laut. Ich erzähle dir jetzt einen Riesenspaß. Ich war mal in einem Gefecht, wo man mir den Skalp abgezogen hat. Die Ärzte haben mich wieder zusammengeflickt und mir eine große Platinplatte in den Schädel gepflanzt. Über diese Psychogramme kann ich nur lachen, weil das Metall alles kurzschließt, und sie nie dieselben Ergebnisse bekommen.«

Fay wurde zornig wie ein Stachelfisch.

»Warum hast du mir das nicht gesagt?«

Paddy zuckte mit den Schultern. »Ich wollte nicht, dass du dir Sorgen machst.«

»Sorgen – *ha!* Ich bin nur sauer, weil ich jetzt mit dir noch ein paar Monate zusammen sein muss.«

»Beruhige dich, meine Liebe«, sagte Paddy zerstreut und nahm sie am Arm. »Dort drüben bekommen wir unsere Atemgeräte.«

10 Als sie den Terminal verließen, standen sie auf einem Balkon, der wie ein Adlerhorst hoch über Aevelye hing. Sie waren in kanariengelbes Licht getaucht. Der Himmel über ihnen war inzwischen bernsteinfarben. Paddy und Fay gingen über den Balkon und betraten einen Aufzug, welcher sie nach unten brachte, tief hinab in die Stadt mit den weißen Säulen.

Sie kamen an herrschaftlichen Villen vorbei, die auf Felsvorsprüngen gebaut und von einer Pflanzenwelt umgeben waren, wie Paddy und Fay sie noch nie gesehen hatten. Große tetraedische Stängel stützten ein Blätterdach mit Kristallrippen oder olivgrüne Platten, die netzartig mit rotem Glas gemustert waren. Es gab Blumen, die wie Momentaufnahmen eines explodierenden Opals aussahen, dessen Splitter von scheinbar unsichtbaren Ranken aus der Mitte gehalten wurden.

Dann erreichten sie offensichtlich das Geschäftsviertel der Stadt. In den Läden wurden die teuersten Waren des Universums angeboten. Fay erspähte sogleich ein Schild, auf dem ›Oase‹ stand. Sie verließen den Aufzug und gingen über ein Viadukt, das mehr als dreihundert Meter Tiefe überbrückte, zu einem hohen Gebäude aus wachsgrünem Granit.

Sie gingen hinein. »Wir möchten gern übernachten«, sagte Paddy zu dem Shaul an der Rezeption.

Dieser lüftete gelangweilt die Kapuze und deutete auf ein kleines Schild. ERDLINGE SIND HIER NICHT ERWÜNSCHT!

Paddy biss sich auf die Lippe. Seine Augen verengten sich. »Du Zwerg mit deinem lächerlichen Hautlappen«, begann er. Fay packte ihn am Arm. »Komm, Paddy!«

»Das Hotel für Erdlinge ist am Fuß des Berges«, sagte der Shaul arrogant.

Draußen fuhr Paddy Fay wütend an. »Nenn mich nicht Paddy! Ich bin Joe Smith. Willst du, dass sie mich erwischen?«

»Es tut mir Leid«, sagte Fay kleinlaut.

Das Hotel für Besucher von Erde war ein grauer Block im unteren Teil der Stadt zwischen zwei Schutthalden von der Zinkraffinerie direkt darüber. An der Rezeption saß ein runzliger schwarzäugiger Canope so zusammengesunken hinter dem Schreibtisch, als fürchtete er sich vor seinen Gästen.

»Wir möchten zwei Zimmer«, sagte Paddy.

»Zwei?« Der Canope blickte die beiden erstaunt an.

»Meine Frau schnarcht«, erklärte Paddy. »Ich möchte wenigstens einmal auf dieser Reise in Ruhe schlafen.«

Fay schnaubte empört. »Wie Sie wollen.« Der Canope zuckte mit den Schultern. Er betrachtete Fay abschätzend und reichte ihnen zwei Schlüssel. »Die Zimmer sind dunkel und ohne Aussicht, aber das ist das Beste, was ich im Moment für Sie tun kann. Die Miete für einen Tag im Voraus, bitte.«

Paddy bezahlte. »Und jetzt hätten wir gern ein paar Informationen. Wir sind Journalisten von Erde, verstehen Sie und wir sollen Fotos machen, aber unsere Speziallampe ist kaputt gegangen. Wo können wir eine neue anfertigen lassen?«

Der Canope drehte sich um, drückte auf einen Knopf und sprach in ein Mikrofon. »Ist Mr. Dane da? Schicken Sie ihn bitte mal rüber. Ich habe Arbeit für ihn.«

Dann wandte er sich wieder den Gästen zu. »Das ist ein alter Elektriker, dem es zurzeit sehr dreckig geht. Er macht das für Sie. Wäre das alles?«

»Wo und was ist Corescens?«, fragte Fay.

»Corescens?« Dem Canope fiel der Unterkiefer herunter. Er blinzelte verlegen. »Es dürfte für Sie schwierig sein, Corescens anzuschauen – besonders, da Sie Erdlinge sind. Es ist die Privatresidenz des toten Sohns, drüben jenseits des Fumighast Ventrole.«

Dane humpelte herein. Er war ein dünner einäugiger alter Mann mit schiefem Hals und einer langen krummen Nase. »Ja, was kann ich für Sie tun?«

»Wir brauchen eine spezielle Ultraviolett-Lichtquelle für unsere Kamera«, antwortete Paddy. »Sie muss vier getrennte Einheiten haben, mit variablen Frequenzmöglichkeiten. Jede Einheit für den Bereich von sechshundert bis dreitausendeinhundert Angström. Können Sie das bauen?«

Dane kratzte sich den kahlen Schädel. »Mal sehen, ob ich die passenden Ventile hab. Ja, ich glaube, das kann ich bauen.« Er schenkte Fay ein strahlendes Lächeln. »«Aber das kostet ziemlich viel. Dreihundert Mark.«

Paddy trat empört einen Schritt zurück. »Heiliger Patrick. Da benutze ich liebe meine Taschenlampe. Dreihundert Mark für ein paar Drähte und altes Blech.«

»Da ist meine Arbeit und meine Ausbildung, mein Freund. Ich habe viele viele Jahre lang studiert.«

Letztendlich einigten sie sich auf zweihundertfünfzig Mark, Lieferung nach zwei Tagen.

Dunkelheit füllte draußen das Tal wie blasse Tinte in einem riesigen Becken, an dem Hang leuchten tausend bunter Lichter – rote, grüne, blaue, gelbe – alle verbreiteten nur matten Glanz, als sei ihr Zweck mehr die Zierde als die Helligkeit.

Auf der Terrasse vor dem Hotel sagte Paddy zu Fay: »Weißt du, ich kann irgendwie nachfühlen, weshalb der erste Sohn diesen Planeten Shaul geliebt hat. Er ist so gewalttätig und pervers wie die Launen eines Geisteskranken, aber die weichen Farben der Nacht sind einfach wunderschön. Und da draußen, auf der anderen Seite des Tals liegt noch eine Stadt, deren Lichter zu uns wie Glühwürmchen herüberflimmern.«

»Ist es schöner als Skibbereen, Paddy?«, fragte Fay leise.

»Ah! Jetzt hast du mich erwischt, meine Liebe.« Paddy seufzte. »Wenn ich an den Rauch der Torffeuer denke, die auch nach so langer Zeit noch brennen, und an den Geruch vom Moor und dem alten Pub, in dessen Nähe ich aufgewachsen bin – und an den Fluss Ilen – ja, ich werde glücklich sein, wenn ich wieder zu Hause bin.«

»Und dann gibts noch die Terrasse auf Meran, mit dem Bier und den Weibern«, meinte Fay spitz.

»Ha!«, rief Paddy. «Das Bier! Das ist wie Nektar aus dem Paradies. Und die Mädchen mit den sanften Händen! Wenn man die Perle in ihrem Nabel mit den Zähnen herausholt, müssen sie dir sämtliche Wünsche erfüllen – solange du willst. Das ist auf Maeve so Sitte – und manche tragen Perlen so groß wie Pflaumen.«

»Bitte, entschuldige mich«, sagte Fay kühl. »Ich will eine Karte kaufen und Corescens suchen. Ich überlasse dich deinen Erinnerungen.«

»Heiliger Patrick!«, rief Paddy. »Ich habe dich doch nur aufgezogen. Und überhaupt hast du damit angefangen.«

Am nächsten Morgen mieteten sie einen alten

Ausflugsschlitten, der schwer zu steuern war. Der Besitzer der Vermietungsagentur wollte Erdlingen nichts Besseres anvertrauen. Sie luden die Kamera auf und flogen über das nebelverhangene Tal.

»Und wo liegt jetzt Corescens? Du hast gestern Abend doch ewig die Karte studiert«, sagte Paddy.

»Wir müssen Fumighast Ventrole finden«, antwortete Fay. »Es soll dreißig Kilometer weiter nördlich liegen, ein erloschener Krater.«

Sie erhoben sich übers Tal, hinein ins grelle Licht Almachs. Nach allen Seiten breitete sich die zerrissene Oberfläche Shauls aus.

»Siehst du den Rauchring?«, fragte Fay. »Das ist der Vulkan Aureo, und gleich dahinter befindet sich Corescens.«

Fumighast Ventrole war ebenfalls eine riesige Schlucht, nahezu kreisförmig und so tief, dass man durch den Dunst den Boden nicht erkennen konnte. Die Seiten gleißten und glitzerten und feuerten Lichtstrahlen in tausend Richtungen, wie Glasspeere – hin und zurück. Die Reflexionen ergaben fantastische leuchtende Farben und blendeten, als ihr altes Schiff mit lauten Düsen hinunterflog.

Als sie den Eingang der Schlucht erreichten, hörten sie ein lautes Zischen. Ein Wachschiff flog dicht neben ihnen.

»Was suchen Sie hier?«, fragte ein Shaul mit schwarzem Stern auf der Innenseite der Kapuze.

»Wir sind Journalisten vom Planeten Erde und wollen das Heim des toten Sohns fotografieren«, antwortete Paddy.

»Haben Sie vom Büro für Rituale ein Anstandszeugnis?«

Paddy schob den Kopf vor. »Ein Anstandszeugnis? Selbstverständlich bin ich ein anständiger Mensch, du unverschämter Kerl! Noch ein Wort und ich bin sofort bei dir an Bord.«

Fay stieß ihn an. »Er meint eine Erlaubnis. Das heißt bei ihnen so.«

Missmutig beruhigte sich Paddy wieder.

»Nein, wir haben keine Erlaubnis«, erklärte Fay fröhlich. »Aber wir wollen nur ein paar Fotos machen.«

»Es tut mir Leid, aber ...«, sagte der Beamte steif.

Ein Shaul in Zivil trat neben ihn und murmelte etwas in seine Kapuze. Der Captain blickte Paddy scharf an. »Wann sind Sie angekommen?«

»Gestern.«

Der Captain betätigte einen Kommunikator, sprach ziemlich lange und nickte schließlich. Dann wandte er sich wieder Paddy und Fay zu.

»Die Anweisung lautet, sie landen zu lassen.«

»Danke«, sagte Fay.

»Diese misstrauischen Teufel wollen uns eine Falle stellen«, flüsterte Paddy. »Ich wette, sie beobachten uns den ganzen Tag lang durch Teleskope.«

»Ein komisches Gefühl, beinahe, als wären wir in diesem Loch gefangen«, meinte Fay.

»Sei still«, sagte Paddy. »Wir haben immer noch das Blackthorn-Glück auf unserer Seite.«

Sie sahen, dass die Wände der tiefen Schlucht mit funkelnden Kristallen besetzt waren, die wie Trauben herabhingen. Als Almach am Himmel aufging, begannen die Farben zu leuchten. Sie woben magische Netze über die Schlucht, zuckende Zungen eines beinahe greifbaren Feuers. Auf einem Vorsprung, dreihundert Meter unter ihnen, sahen sie ein großes Haus, mit zwei breiten Flügeln und weißen Säulen. Es stand in einem großen Gartens voll jener eigenartigen Kristallblumen.

Aus dem Nichts schwebte plötzlich das Wachschiff wieder neben ihnen.

»Als ein Entgegenkommen für Sie, als Journalisten von Erde, gestattet man Ihnen die Freiheit, das Haus zu besichtigen. Die trauernde Familie ist nicht da, aber die Dienerschaft hat Anweisung erhalten, sie zu führen. Außerdem wird man Ihnen zu essen und zu trinken servieren, was Sie wollen.«

Er verbeugte sich mit zynischer Höflichkeit, dann stieg das Wachschiff so abrupt auf, als hätte es jemand an einer Schnur emporgezogen.

»Wie Ratten in einer Falle«, sagte Paddy.

»Wahrscheinlich hegen sie keinen direkten Verdacht«, sagte Fay. »Sie halten uns wohl für eine

Art Komplizen. Sie geben uns jede Menge lange Leine. Na ja, darüber können wir uns später den Kopf zerbrechen. Es ist eine Chance, die wir nutzen müssen.«

Sie landeten auf der Terrasse. Es herrschte absolute Stille. Vor ihnen tat sich das Innere des Hauses auf. Durch die Säulen konnten sie die kostbaren Möbel sehen, für welche die Shaul bekannt waren. Stühle und Sessel in jeglicher Größe und Form. Die Wände mit pfirsichfarbenem seidigem Flaum bedeckt.

Es gab keine Tür kein Glas – nur einen Luftstrom als Vorhang um lästige Insekten und Staub fern zu halten. Beim Hineingehen hatten sie das Gefühl, wie durch eine Seifenblase zu gehen, die auf dem Gesicht zerplatzte.

Der Majordomus verneigte sich leicht und führte sie eine Stunde lang durch die Villa und beantwortete ihre Fragen, gab jedoch von sich aus keine Informationen preis. Offensichtlich betrachtete er diese Aufgabe als weit unter seiner Würde. Paddy und Fay schossen nach Lust und Laune Fotos.

Von besonderem Interesse für Paddy und Fay war die Terrasse hinter der Villa. Sie war gegen die bunt gleißenden Felswände abgeschirmt, sodass sie in das weiche kühle Licht des Himmels getaucht war. Hinten ragte die Klippe auf, ungefähr fünfzehn Meter hoch mit zwei großen Quadraten aus aventurinischem Quarz.

Unwillkürlich zählten Paddy und Fay: Drei von rechts, zwei nach oben. Da war es! Eine klare gelbliche Platte, übersät von einer Million glitzernder Pailletten.

Eine Bedienstete erschien und bat sie zum Mittagessen. Der Majordomo führte sie zu einem kleinen Tisch, auf dem synthetisches Obst, eine Platte mit gegrillten Schwämmen, Hefewaffeln und knusprige dunkelbraune Stangen, die wie Fleisch schmeckten, bereitstanden.

Paddy war mürrisch. Zweimal schaute er Fay an und wollte etwas sagen, ließ sich jedoch durch ihre warnenden Blicke abschrecken. Der Majordomus servierte ihnen einen leichten Rosè-Wein, mit dem sie an das Geländer der Terrasse gingen, von wo aus man den Golf überschauen konnte.

Ohne die Lippen zu bewegen, sagte Fay: »Ich habe das Gefühl, als würde jedes Wort aufgefangen und an einen Schreibtisch weitergesendet, an dem drei oder vier Shauls gespannt lauschen.«

»Mir geht's genauso«, murmelte Paddy.

Fay nippte am Wein und blickte hinaus in die farbenprächtige Leere. »Heute können wir nichts mehr ausrichten.«

»Nein, fliegen wir zurück nach Aeveleye und zu unserem Schiff.«

Kaum hatten sie den Eingang zur Fumighast Ventrole erreicht, schoss das Wachschiff herab und legte sich neben sie. Der Shaul-Captain verlangte den Film aus der Kamera, da er der Zensur unterläge.

Mit finsterer Miene schob Paddy die Patrone heraus und reichte sie hinüber.

»Morgen bekommen Sie den Film zurück«, sagte der Captain.

Ihr Schiff war durchsucht worden. Alles lag an seinem Platz. In der Tat war der stichhaltigste Hinweis auf die Durchsuchung die auffällige Ordnung in der Kabine.

»Diese Vandalen!«, stieß Paddy zwischen den Zähnen hervor. »Ich frage mich, ob –«

Er fing Fays Blick auf. Sie strahlte ihn so an, dass ihm das Wort im Hals stecken blieb.

Eine halbe Stunde lang plauderten sie nur über Nichtigkeiten. Dann, als Almach mit lavendelfarbenen und orangeroten Flammen unterging, verließen sie das Schiff, gingen über das Feld und schauten hinaus über die große Schlucht, die sich bereits mit pastellfarbenen Schatten und leuchtenden Nebelarmen füllte.

»Möglich, dass sie das Schiff *nicht* angezapft haben, um uns abzuhören«, sagte Fay. »Und vielleicht gibt es auch *keine* versteckten Kameras, die uns überwacht, aber wie du weißt, sind sie verdammt misstrauische Kreaturen und werden wohl kaum eine Chance auslassen. Meiner Meinung nach haben sie die Durchsuchung so stümperhaft durchgeführt, damit wir es bemerken und in Panik nach irgendwelchen Geheimnissen suchen, die sie bei uns vermuten.«

»Fay, wir stecken in einer Sackgasse«, sagte Paddy niedergeschlagen. »Wir haben eine Patt-Situation. Jedes Foto, das wir machen, studieren sie mit Argusaugen. Wenn wir mit unserem Schiff dort unten landen, Fotos schießen und wieder abschwirren wollen, haben sie uns so schnell eingefangen wie den Grünen Kobold von Ballycastle.«

Fay rieb sich das Kinn, sagte aber nichts. Paddy fühlte plötzlich einen Beschützerinstinkt. Er blickte auf den Blondschopf neben sich und legte den Arm um Fays Schultern.

»Paddy, ich habe eine Idee«, sagte sie.

Paddy schaute in die Nacht hinaus. »Ich auch!«

Sie blickte zu ihm auf. »Was hast du für eine?«

»Du zuerst.«

»Na ja – du weißt, dass höchstwahrscheinlich die Shaul-Daten irgendwo in diesem aventurinischen Quarz eingraviert oder aufgemalt sind, und zwar mit fluosreszierender Farbe, die bei den entsprechenden Frequenzen aufleuchtet.«

»Richtig.«

»Morgen Abend werden wir ein paar Nachtaufnahmen machen – hunderte.«

»He, nicht zu fassen was für ein Gehirn sich hinter diesem ernsten Gesichtchen verbirgt«, sagte Paddy und betrachtete sie lächelnd.

Sie lachte. »Und, was ist deine Idee?«

»Ich möchte, dass du mich heiratest, Fay«, brachte Paddy mühsam über die Lippen.

»Also, Paddy Blackthorn, du willst mich ebenso wenig heiraten wie diesen Shaul-Captain.«

»Nein, das stimmt ganz und gar nicht«, widersprach Paddy heftig.

»Ach was! Das ist nur die Nähe, animalische Instinkte. Einen Tag wieder auf Erde, und du hast mich vergessen.«

»Dann gibst du mir einen Korb?« Paddys Augen verengten sich.

Fay wich seinem Blick aus. »Ich habe weder Ja noch Nein gesagt. Und ich werde dir erst antworten, wenn wir diese Aufgabe erledigt haben, und ich sehe, was für eine Art Mann du bist und wie du dich benimmst, wenn du eine Versuchung vor der Nase hast.«

Paddy zog sie an sich. »Dann lautet die Antwort ja, Fay, richtig?«

Fay schob ihn fort. »Sie lautet nein – jedenfalls für jetzt. Und vielleicht, falls ich sicher sein kann, dass du aufgehört hast, an diese Maeve-Weiber zu denken. Wie würde ich mich fühlen mit einem Heim und zwei oder drei kleinen Paddys, während du diese Maeve-Mädels kneifst?«

Sie schüttelte den Kopf. »Schluss jetzt mit diesem Blödsinn! Wir haben die wichtigste Aufgabe vor uns, die es je gegeben hat, und du redest über Maeve-Frauen.«

»Nur einen kleinen Kuss«, bat Paddy. »Dann

würde ich wenigstens glücklich sterben, falls die Shauls uns erwischen. Nur einen kleinen Kuss.«

»Nein – na ja, aber nur einen ... oh Paddy ... Schluss jetzt! Lass mich los, sonst tue ich was ins Essen, dass du eine Frau nicht mehr von einer Schleiereule unterscheiden kannst.«

11 Der nächste Tag verlief ruhig. Während des Vormittags verfolgte Fay den scheinbaren Grund ihres Besuchs und machte sich im Propagandabüro biografische Notizen über das Leben des verstorbenen Sohns.

Paddy besuchte den Elektriker Dane und holte den Ultraviolett-Projektor ab.

Dane war auf sein Werk sehr stolz – eine Aluminiumschachtel mit einer Kantenlänge von ungefähr zwanzig Zentimetern und einem Tragegriff. Vorne hatte sie vier Linsen, ein Akku passte in die Halterung dahinter. Oben waren in einer Reihe vier Tuner angeordnet, mit Noniusskalen, vier Ausstoßventile und vier Schalter.

»Und das arbeitet akkurat?«, fragte Paddy skeptisch.

»Akkurat?«, rief Dane. »Es ist so akkurat wie der Interwelt-Standard, mit dem ich es kalibriert habe! Dreimal habe ich jeden Stromkreis überprüft, und niemals gab's auch nur einen einzigen Fehler.«

»Schon gut. Hier ist Ihr Geld und ein Bonus.«

Nachmittags brachte ein Bote die Abzüge der Fotos, die sie gestern gemacht hatten. Es fehlte nichts, kein Bild war beschlagnahmt worden.

Der Abend kam mit seinem wilden Farbenspiel. Paddy und Fay verstauten ihre Ausrüstung auf dem alten klapprigen Raumschiff, erhoben sich über Aevelye und flogen mit Kurs auf Fumighast Ventrole.

Über dem Eingang zur Schlucht legte sich wieder das Wachschiff längsseits.

Derselbe Captain salutierte und betrachtete ihre primitive Ausrüstung mit amüsierter Verachtung.

»Was soll das? Noch mehr Fotos? Es ist dunkel.«

»Wir würden gern Nachtaufnahmen machen«, sagte Fay lächelnd. »Um die Lichteffekte und die Fluoreszenz der Felsen einzufangen. Wir haben einen Ultraviolett-Projektor mitgebracht.«

»Ach *deshalb* haben Sie das Ding bauen lassen«, sagte der Captain und zuckte mit den Schultern. »Gut, machen Sie sich an die Arbeit.«

Sie flogen hinab in die Schlucht. »›Ach *deshalb* haben Sie das Ding bauen lassen‹«, wiederholte Paddy mit Kleinmädchenstimme. »Komisch, dass er nicht gefragt hat, wann unser Hochzeitstag sein soll – wenn sie sich schon für alles brennend interessieren, was wir tun.«

Sie landeten auf der Terrasse vor der Villa. Die Dunkelheit war nicht vollkommen, ein schwaches Leuchten lag über allem und erschien wie der unwirkliche Dunst in Träumen.

Fay seufzte. »Wenn ich nicht so viel Angst hätte und so nervös wäre, könnte ich mich in diesen Ort verlieben.«

»Vielleicht können wir unsere Flitterwochen hier verbringen«, meinte Paddy. Sie schaute ihn scharf an und bemühte sich in der Dunkelheit zu erkennen, ob er das ernst meinte.

Neben ihnen ertönte eine Stimme. »Guten Abend.« Es war der Shaul-Majordomus. »Noch mehr Fotos?«

»Ja«, sagte Paddy. »Wir möchten Sie gern fotografieren, wenn Sie die Betten machen oder den Müll rausstellen oder das berühmte Silber putzen.«

»Tut mir Leid, aber das ist unmöglich, fürchte ich.«

»In diesem Fall sehen wir uns – mit Ihrer Erlaubnis – nur draußen um.«

»Meine Erlaubnis ist nicht erforderlich«, erklärte der Majordomus mit seidenweicher Stimme. »Die Anordnung, jedem Besucher das Gelände zu zeigen, kam aus Aevelye.«

Paddy grinste. »Also Sie und ich würden auf der Bühne ein prima Paar abgeben.«

Die Hautkapuze des Majordomus vibrierte stark. Er machte kehrt und ging ins Haus.

Eine Stunde lang machten sie Fotos von der Villa und dem stillen Garten, wobei sie unterschiedliche Ultraviolett-Frequenzen benutzten. Schließlich arbeiteten sie sich zur hinteren Terrasse vor.

Paddy richtete den Projektor auf die hintere Wand. Sie leuchtete wunderschön in prächtigen Mustern aus Rot, feurigem Gelb, Gold und Weiß. Er schoss wahllos unterschiedliche Frequenzen auf die Wand, während Fay fotografierte.

»Und jetzt die vier, Paddy«, flüsterte Fay.

Paddy stellte die Skalen ein. »Hast du die Nummern auf dem Film?«

»Ja. Dreihundertsechs bis dreihundertneun, inklusive.«

Einen kurzen Moment lang drückte Paddy gleichzeitig auf die vier Schalter und sofort formten die leuchtenden Linien und Schleifen auf dem entsprechenden Quadrat lesbare Buchstaben und Zahlen. Sie waren sogar ebenso angeordnet wie die Daten auf den anderen Platten – zwei erläuternde Abschnitte, dann zwei Zahlenkolonnen.

»Das ist es«, sagte Paddy. »Und jetzt – jedes einzeln.«

Er setzte die vier Frequenzen getrennt ein, und sie machten vier Fotos.

»Lass uns noch ein paar mehr machen, und dann fliegen wir ab«, sagte Fay.

»Wunder über Wunder. Ich glaube, wir haben es geschafft«, sagte Paddy.

Als sie sich wieder über Fumighast Ventrole erhoben, legte sich das Wachschiff wieder längsseits und der Captain bat um die Kamera, die Filmkartusche und den Ultraviolett-Projektor.

»Wenn die Zensur nichts zu beanstanden hat, bekommen Sie alles morgen zurück«, teilte er ihnen mit.

Paddy und Fay flogen zurück zu ihrem Schiff.

Am nächsten Morgen machte sich Fay wieder Notizen über den toten Shaul-Sohn, während

Paddy unter dem Vorwand, ein Leck unterhalb der Wasserlinie zu suchen, ihr Schiff auf Wanzen überprüfte. Ohne Erfolg.

Ein Bote brachte am frühen Nachmittag die Abzüge. Fay breitete sie schnell aus. 306 – 307 – 308 – 309. Alles da, sauber und deutlich. Wenn man sie übereinander legte, ergaben sie das Shaul-Fünftel der Konstruktion des Raumfahrtantriebs.

»Ich gehe zu Zimmer 12«, sagte Paddy. Er schlenderte über das Landefeld, betrat den Terminal und ging zu Zimmer 12. Dort holte er ihre Waffen und Schlüssel ab.

Sie füllten die Wassertanks auf und nahmen zwei neue Energiepatronen an Bord. Als Almach sich in sein Bad mit den flammenden Dämpfen senkte, hoben sie ab. Gleich darauf war Shaul nur noch eine orangefarbene Kugel unter ihnen.

Paddy seufzte. »Fay, ich habe zehn Pfund verloren. Ich habe –«

»Ssscht!«, unterbrach ihn Fay. »Wir sollten das Schiff lieber nach Wanzen oder versteckten Kameras absuchen.« Paddy stimmte ihr zu und tatsächlich, nach einer Stunde hatte sie zwei Audioknöpfe gefunden, die als Nieten getarnt waren, und ein Objektiv auf dem Knopf eines oberen Spinds.

»So, jetzt können wir reden«, sagte sie erleichtert aufatmend. »Trotzdem bin ich immer noch nervös.«

Paddy stand auf. »Und vielleicht ist jetzt auch Zeit für einen kleinen Kuss oder zwei.«

Fay seufzte. »Na schön ... halt, hör auf!« Sie rang nach Luft. »*Aufhören,* Paddy Blackthorn! Du würdest nie eine gefallene Frau heiraten, und ich habe vor, dich ehrlich und legal zu ehelichen und dich den Rest deines Lebens leiden zu lassen. Also, benimm dich gefälligst – bis es legal ist.«

Still bewegte das Raumschiff durch die leere Weite und war von den Welten mit Leben so weit entfernt wie eine Seele nach dem Tode. Paddy und Fay saßen am Kartentisch in der Beobachtungskuppel und betrachteten die fernen Sterne.

»Jetzt, nachdem wir vier Fünftel geschafft haben, zittern mir die Knie«, sagte Paddy.

Fay lächelte gequält. Sie sah müde aus. Ihre Augen glänzten ungesund hell, ihre Haut war durchsichtig, die Finger dünn und nervös. »So gehts immer, Paddy. Wenn man verzweifelt ist, ist jeder Vorteil verlockend. Aber jetzt –«

»Als ich an diesen kleinen Asteroiden gekettet war, konnte ich mir nichts Schöneres vorstellen, als in dem schönen Schiff mit der großen Glaskuppel wegzufliegen«, sagte er. »Dafür wäre ich jedes Risiko eingegangen. Zu verlieren hatte ich nichts. Jetzt ist es anders. Ich will leben. Ich habe etwas, für das es sich zu leben lohnt.« Er bedachte sie mit einem Blick, als würde er ihr sacht übers Haar streicheln.

Ein paar Minuten lang saßen sie stumm da.

Das Schiff glitt mit unbekannter Geschwindigkeit durchs All. Vielleicht hing es aber auch bewegungslos, sie hatten keine Möglichkeit, das festzustellen.

Paddy rührte sich. »Sieh dort – Mirach. Er starrt uns an und fordert uns heraus, näher zu kommen.«

Fays Hand zitterte. Sie lachte unsicher. »Er sieht komisch aus. Wie eins dieser Koton-Augen.«

»Von allen Langtry-Rassen hasse ich nur die Kotons«, erklärte Paddy.

»Wahrscheinlich, weil sie die hinterhältigsten sind.«

Paddy zuckte mit den Schultern. »Ich weiß nicht recht. Die Kotons und die Shauls sind normalen Menschen am ähnlichsten. Die Shauls haben diese Hautkapuzen und die Kotons die Telleraugen.«

»Es ist mehr als nur ihr Äußeres. Es ist ihre Psyche. Die Shauls sind von Menschen nicht allzu weit entfernt. Wir können ihre Motive meistens verstehen. Aber die Kotons – die sind weit, weit entfernt vom Verständnis eines Erdbewohners. Es ist, als wären sie aus dem Stoff ihrer eigenen Dämmerwelt gemacht.

Wenn man mit einem spricht, hat man den Eindruck, er sei das seltsamste und individuellste Geschöpf, das es geben kann – ein Wesen, das sich in die Wildnis absetzt, um mit seinen Eigenheiten allein zu sein. Und wenn man sie bei einer ihrer Brüllversammlungen sieht –«

»Oder bei einer öffentlichen Folter, wie damals, als ich auf der *Christobel Rocket* Schmierer war.«

Fay schüttelte sich. »– dann sind alle gleich und man kann an nichts anderes denken als an die unzähligen Reihen der großen Telleraugen. Mehr siehst du nicht. Hektare von Augen, so groß wie Miesmuscheln. Und dann weißt du, dass sie in ihrer Seltsamkeit alle gleich sind.«

»Wie ein Volk Geisteskranker. Nein«, meinte Paddy nachdenklich. »Nein, verrückt würde ich sie nicht nennen.«

»Es würde wenig bedeuten, wenn du es tätest«, unterbrach ihn Fay. »Sie haben so wenig Gefühle mit uns gemein.«

»Wenig? Überhaupt keine!«

»Na, ein paar doch: Neugier, Zorn, Stolz.«

»Gut, das stimmt«, pflichtete Paddy ihr bei. »Sie sind ein feiges Pack, zumindest einige, und sie haben diese Sex-Festivals.«

Fay schüttelte den Kopf. »Du hebst die falschen Dinge hervor. Ihre Angst ist nicht die Angst der Erdbewohner. Es ist eher das, was wir Klugheit nennen. Es ist keinerlei Panik dabei, nichts, was durch die Drüsen verursacht wird. Und ihr Sex hat mit Gefühl nicht mehr zu tun, als wenn man sich kratzt, weil es juckt. Vielleicht unterscheiden sie sich gerade durch die Tatsache, dass ihre Drüsen und Hormone in ihrer Persönlichkeit eine so geringe Rolle spielen.«

Paddy ballte die Fäuste und streckte das Kinn vor. »Ich hasse das Ungeziefer, wie ich Fliegen hasse und ich habe ebenso wenig Skrupel, Kotons zu töten, wie Fliegen tot zu klatschen.«

»Das nehme ich dir nicht übel«, sagte Fay. »Sie sind außergewöhnlich grausam.«

»Ich habe gehört, dass sie Menschen essen und mit Genuss.«

»Warum nicht?«, meinte Fay. »Erdlinge essen Schweine. Das entspricht ungefähr der Einstellung der Kotons.«

Paddy knirschte mit den Zähnen. »Sie haben den Nervenanzug erfunden. Was kann man mehr sagen, um sie bloßzustellen?« Er fuhr sich mit den Fingern durchs Haar. »Eigentlich möchte ich dich auf keinen Fall dorthin bringen und diesem Risiko aussetzen, Fay.«

»Ich bin auch nichts Besseres als du«, sagte sie.

Paddy stand auf. »Auf alle Fälle ist es einfach blödsinnig, wenn wir uns Angst machen. Vielleicht läuft alles ganz locker.«

Fay las vom letzten Pergament: »›Die Ebene von Thish, wo Arma-Geth die Helden den staunenden Sternen zeigt. Unter meiner mächtigen rechten Hand.‹ Weißt du irgendwas über Arma-Geth, Paddy?«

Er nickte, drehte sich um und blickte hinaus zu den Sternen vor ihnen. »Es ist eine Art Heldengedenkstätte mitten auf einer Ebene – ›wer es beschädigt oder bemalt, erleidet die Todesstrafe‹.«

Fay schaute ihn verständnislos an. »Warum erwähnst du dieses letzte?«

»Das ist ihr Gesetz. Die Ebene ist hundertfünfzig Quadratkilometer, würde ich sagen. Und flach wie ein Tisch. Sie haben eine Million Armasier und Kudthus und Sklaven von Erde um das Gelände zu planieren. Es gibt keinen Kiesel so groß wie eine Erbse, welcher die Fläche verunstalten könnte. Im Zentrum stehen die Riesenstatuen aller alten Söhne. Und Sam Langtry sitzt an der Kopfseite der Heldenallee.«

»Du klingst, als wärst du schon dort gewesen.«

»Ich, nein! Abgesehen von den Kotons und selbst von denen nur wenigen, ist es niemandem gestattet, sich der Ebene zu nähern. Eine betrunkene Shaul-Frau hat mir mal davon erzählt.«

»Das klingt alles äußerst schwierig«, meinte Fay entmutigt.

»Wenn wir einen gepanzerten Kreuzer hätten«, sagte Paddy. »Dann könnten wir direkt daneben landen, alles zusammenschießen, was wir nicht haben wollen und abzischen, ehe sie uns erwischen können.«

Fay schüttelte den Kopf »Nicht auf Koto. Es gibt fünf Satelliten-Forts, die jeden Quadratkilometer auf dem Planeten überwachen. Unser Kreuzer wäre zerstört und ausgeglüht, ehe zehn Sekunden um sind.«

»Na ja, ich habe auch nur so daher geredet«, sagte Paddy. »Wilde Gedankenspiele.«

Fay runzelte die Stirn und biss sich auf die Lippe. »Wir müssen uns etwas einfallen lassen. Mit vier Fünfteln des Raumantriebs in den Händen dürfen wir auf keinen Fall in Gefangenschaft geraten.«

»Mit oder ohne würde ich es uns nicht wünschen.«

Sie saßen schweigend eine Zeitlang da. »Du fliegst ganz tief und lässt mich mit dem Fallschirm direkt über dem Zentrum Arma-Geths abspringen«, sagte Paddy schließlich. »In der Dunkelheit hole ich die letzte Platte. Du landest auf der Ebene und holst mich wieder ab.«

»Paddy, meinst du das ernst?«, fragte Fay lächelnd.

»Heiliger Patrick, was kann ich sonst tun? Allein beim Gedanken an dieses Vorhaben bekomme ich Gänsehaut.«

»Paddy, du bist zu jung, um zu sterben.«

»Das weiß ich«, stimmte Paddy zu. »Da bin ich ganz sicher.« Er warf einen Blick zum Mirach hinüber. »Besonders auf den öffentlichen Plattformen.«

»Es ist schon gefährlich, sich auch nur in die Nähe des Planeten zu wagen«, sagte Fay. »Die Forts entdecken alles, was abseits der regulären Routen zu Koto hinabfliegt. Die sind nicht so frei wie auf den anderen Planeten. Und wenn wir auf dem Montras-Feld landen, müssen wir uns wieder diesen Überprüfungen unterziehen. Allerdings dürfte es dort sehr viel gründlicher geschehen.«

Paddy schürzte die Lippen. »Wenn wir Glück haben, könnten wir es schaffen, an den Forts vorbeizukommen.«

»Wir müssen unseren Verstand benutzen. Auf das Glück können wir uns nicht verlassen«, erwiderte Fay.

»Aber auf das alte Blackthorn-Glück«, erinnerte Paddy sie. Einen Moment später fügte er hinzu: »Selbstverständlich ist der Blackthorn-Verstand auch beteiligt, zu gleichen Teilen sogar.«

»Na schön, dann benutze ihn!«, fuhr Fay ihn an. »Angenommen, ich setze dich ab und sie erwischen dich und holen durch die Folter alles aus dir heraus, was du weißt? Alles über Delta Trianguli?«

Paddy verzog das Gesicht. »So was darfst du nicht sagen! Das raubt mir den Mut für das Unternehmen.«

»Aber angenommen es kommt tatsächlich so? Was ist, wenn wir die vier Platten verlieren? Dann hätten sie alles.«

»Heiliger Patrick, ich glaube, wenn du die Wahl hättest, den armen Paddy aus dem Nervenanzug zu holen oder den Antrieb zu retten, würdest du Paddy da unten wie Bashans Bullen brüllen lassen.«

Fay betrachtete ihn distanziert. »Vielleicht würde ich das tun.«

Paddy schüttelte sich. »Von den Millionen weichherziger Weiber im Universum muss ich ausgerechnet dich als Partnerin erwischen, eine wie die Hexe von Muckish Mountains, die ihren Mann für einen Teller Hafergrütze dem Teufel verkauft.«

»Für Erde bedeutet die Kontrolle über das All sehr viel«, erklärte Fay kühl. »Im Moment sind die Platten kaum sicherer, als wenn wir sie hier in der Kabine hätten. Keiner von uns beiden kann riskieren gefangen zu werden.«

Paddy trommelte mit den Fingern auf dem Tisch. »Wenn wir die Platten an die richtigen Leute auf Erde übergeben könnten, würden dieser Streitpunkt, die Unsicherheit und die Zweifel nicht mehr bestehen, richtig?«

»Soweit es mich betrifft, gibt es auch jetzt weder einen Streitpunkt noch Zweifel«, sagte Fay mit gespielter Tapferkeit. »Ich liebe das Leben und ich liebe dich – nein, bleib mir vom Leib, Paddy! Aber ich liebe Erde und die alten Kontinente und die Meere und die guten Menschen auf Erde mehr.«

»Du bist eine schrecklich harte Frau«, meinte Paddy. »Du bist eine von diesen Fanatikerinnen.«

Fay schüttelte den Kopf. »Nein, das stimmt überhaupt nicht. Und wenn du einen Moment lang nachdenken würdest, würdest du zugeben, dass du ebenso empfindest.«

Paddy hörte nicht zu. Nachdenklich rieb er sich das Kinn. »Ich frage mich, ob –«

»Die Langtry-Schiffe um Erde herum sind wie Bienen um eine Honigwabe. Sie warten nur darauf, dass jemand versucht die Platten zur Erde zu schmuggeln.«

»Wenn wir die Informationen nur über die Raumwellen senden könnten.«

»Sie würden uns stören – und wenn wir es zu lange probieren, können sie uns aufspüren und erwischen.« Fay stand auf und rieb nervös die Hände an den Hosen.

»Es gibt noch eine andere Chance«, sagte Paddy. »Himmel-Express zur Erd-Agentur.«

»Du hast den Verstand verloren!«

Paddy griff nach dem Astral-Almanach. »Nicht so schnell«, murmelte er. »Der Blackthorn-Verstand ist ein wahres Wunder.« Er leckte den Zeigefinger, blätterte um und fuhr eine Spalte herunter. »Mist! In diesem Jahr keine Lieferungen.«

»Hör auf, dich so geheimnisvoll zu geben und sag mir, wonach du suchst.«

»Ach, ich dachte, es könnte vielleicht ein Komet aus dem All herunterkommen mit Kurs Erdnähe. Dann hätten wir die Platten im Gepäck mitschicken können. Aber hier ist nichts aufgeführt, nichts für die nächsten acht Monate.«

Fay verengte die Augen und dachte angestrengt nach.

»Ich schätze, wir werden das Risiko eingehen müssen«, sagte Paddy. »Da ist immer noch das alte Blackthorn-Glück.«

Koto hing unter ihnen, weißlich wie eine Auster, Koto, der Planet des Dämmerlichts.

»Ein Angst einflößender Ort«, sagte Fay leise. »So unheimlich und dunkel.«

Paddy rang sich ein fröhliches Lachen ab und war verblüfft über das schrille Geräusch aus seinem Mund. »Also, Fay. Das Ding geht blitzschnell – eins, zwei, drei – runter, wieder auf und weg – wie der alte Finnigan auf dem Bantry Bahnhof.«

»Das hoffe ich, Paddy.«

»Wir warten jetzt, bis die vier Forts gerade so weit auseinander sind, dass wir eine Chance haben, mit dem Schiff nach unten durchzubrechen.«

Fay deutete. »Da drüben ist ein großes Loch, direkt über dem Cai-Lur-Quadranten.«

»Dann geh'n wir runter«, sagte Paddy. »Und wenn du eine gute Katholikin bist, dann betest du jetzt zum heiligen Patrick und –«

»Bin ich nicht«, unterbrach Fay ihn. »Und wenn du dich mehr aufs Schiff statt auf Religion konzentrieren würdest, wäre das hilfreich.«

Paddy schüttelte vorwurfsvoll den Kopf. »Wenn der alte Vater O'Toole dich hören könnte, würde er dir den Marsch blasen. Schalte die Beleuchtung aus und nimm für das Landefeld nur die Suchscheinwerfer, das könnte unsere Chancen verbessern.«

Koto schob sich in ihr Gesichtsfeld. »*Jetzt!*«, rief Paddy. »Weg mit der Energie, dann fallen wir wie ein Stein runter. Wir können nur hoffen, dass sie in den Forts nicht allzu gut aufpassen.«

Zehn Minuten vergingen, zwanzig. Stumm und angespannt saßen sie in der dunklen Kabine. Der Widerschein Kotos fiel auf ihre blassen Gesichter.

Der Horizont wurde breiter. Sie spürten das Luftkissen unter sich.

»Wir sind vorbei«, stieß Fay erleichtert hervor. »Wir sind unten. Jetzt gib Gas, Paddy.«

»Noch nicht. Wir müssen erst unterhalb der Luftstraßen sein.«

Die dämmrige Oberfläche der Cai-Lur-Steppe tauchte vor ihnen auf.

»Energie, Paddy! Willst du abstürzen?«

»Noch nicht.«

»Paddy! Die Bäume!«

Ein schneller Energieschub, eine schnelle Drehung am Ruder – das Schiff senkte sich und sauste mit dem Rumpf knapp oberhalb des Bodens über die Ebene.

»Das hätten wir«, erklärte Paddy fröhlich.

Fay richtete sich mühsam im Sitz auf. »Du leichtsinniger Idiot!«

»Je tiefer wir fliegen, desto sicherer sind wir. Und wo ist nun Arma-Geth?«

Sie schaute auf die Karte. »Magnetkompass einhundertdreiundfünfzig. Ungefähr tausend Kilometer. Auf dem Weg liegt eine ziemlich große Stadt – Dhad. Mal sehen, wie die Verkehrsbestimmungen für Koto lauten.« Sie blätterte in den ›Verkehrsbestimmungen sämtlicher Welten‹. »Vierte Ebene für uns. Geschwindigkeit zweitausend KPH. Wenn ich du wäre, würde ich um Dhad einen Bogen fliegen.«

Paddy zuckte mit den Schultern. »Auf der vierten Ebene sind wir über der Stadt ebenso sicher wie überm Land. Vielleicht sicherer, falls jemand ein fremdes Raumschiff gemeldet hat.«

Unter ihnen kam Dhad in Sicht. Eine Stadt mit niedrigen Gebäuden und großen Flachdächern, die im Dämmerlicht wie Perlmutt schimmerten. Gleich darauf war sie achtern verschwunden. Sie überflogen eine Bergkette, dann den Mt. Zacauh, einen perfekten Kegel von zwölftausend Meter Höhe, dann hinab auf die Ebene von Thish.

Sie flogen jetzt wieder ganz tief und spähten angestrengt in die Dämmerung. »Es muss ganz in der Nähe sein«, murmelte Paddy vor sich hin.

Fay stand auf. »Ich werde es mit Infrarot versuchen.« Kurz danach fügte sie hinzu: »Ich sehe es – etwa fünfzehn Kilometer weiter westlich. Alles sieht ruhig aus. Du kannst noch etwas tiefer gehen, unter uns ist nichts.«

Sie schrammten beinahe mit dem Rumpf über den Boden, als Paddy Arma-Geth ansteuerte.

»Noch fünf Kilometer«, sagte Fay. »Das ist nahe genug. Wir wissen nicht, wie gut es bewacht ist, beziehungsweise, ob es überhaupt bewacht wird.«

Paddy landete. Der feste vibrationslose Boden fühlte sich nach den heftigen Flugbewegungen im Schiff eigenartig still, ja tot, an. Sie öffneten die Luke, steckten die Köpfe hinaus und lauschten. Abgesehen vom leisen Summen der Insekten in der Ferne war kein Laut zu hören. Im grauen Dämmerschein von Kotos Himmel ragte fünf Kilometer vor ihnen eine Gruppe schwarzer Silhouetten auf.

»So, jetzt brauche ich meine Werkzeuge, die Waffe und das Licht. Ich werde hinflitzen und zurück sein, ehe du bis drei gezählt hast«, sagte Paddy mit belegter Stimme.

Fay schaute zu, wie Paddy sich die Ausrüstung umschnallte. »Paddy –«

»Was denn?«

»Ich sollte dich wirklich begleiten.«

»Vielleicht solltest du das«, meinte Paddy. »Und wenn, dann komme ich dich holen. Aber jetzt gehe ich nur auf Erkundung, und du bist die Nachhut, die mir den Rücken freihält. Es sei denn, das Zeug ist so kinderleicht wegzuschaffen, dass ich der Versuchung nicht widerstehen kann.«

»Sei vorsichtig, Paddy.«

»Das bin ich, darauf kannst du dich verlassen.

Und du achte auf deine eigene Sicherheit. Sei bereit, sofort abzuhauen, wenn es gefährlich wird. Wenn es zu einer Schießerei oder einer anderen Störung kommt – warte ja auf mich.«

Er sprang auf den Boden, blieb stehen und lauschte. Ein helles Klingeln, wie von einer Milliarde winziger Glöckchen.

Paddy marschierte mit schnellen Schritten auf die schwarzen Silhouetten los. Die Oberfläche der Ebene war vollkommen sauber gefegt. Die Figuren wurden immer größer und erhoben sich vor dem grauen Hintergrund bis zu den Sternen hinauf. Paddy hörte keinen Laut, sah keine Bewegung, keine Lichter. Langsam ging er weiter, Augen und Ohren wie Trichter.

Er kam an eine Steinmauer. Sie war kalt und feucht und kopfhoch. Er tastete auf der Mauerkrone umher, packte den Rand und zog sich hinauf. Er befand sich auf einem großen steinernen Pavillon. Zu beiden Seiten standen die stummen dunklen Statuen: Die Koto-Söhne der Langtrys. In mehreren Reihen saßen sie starr auf niedrigen Sesseln und starrten mit den riesigen Perlmuttaugen über die Ebene von Thish.

Paddy saß einen Moment lang still da und lauschte. Jeder Nerv in seinem Körper war angespannt. Dann ging zur nächsten Statue. Welche war die neueste? Logischerweise müsste es die letzte am Ende einer Reihe sein.

Er tastete die Basis der ersten Statue ab und

betrachtete aufmerksam die Seiten. Da entdeckte er schwach leuchtende Schriftzeichen: *Lajory, 17. Sohn von Langtry.* Danach folgten Daten und zeremonielle Formeln.

Ich muss ganz nahe sein, dachte Paddy. Der zuletzt verstorbene Sohn war der Neunzehnte gewesen. Da hörte er Schritte auf Steinen. Er griff zur Waffe und erstarrte.

Zwei dunkle Gestalten patrouillierten in ungefähr zehn Metern Entfernung. Er sah den milchigen Schimmer ihrer riesigen Augen, mit denen sie auch nachts hervorragend sehen konnten, dann waren sie verschwunden. Hatten sie ihn gesehen? Paddy überlegte. Sie hatten nicht überrascht oder beunruhigt gewirkt. Vielleicht hatten sie ihn für einen Verehrer der Langtry-Dynastie gehalten. Auf alle Fälle sollte er sich beeilen.

Er ging zur nächsten Statue: *Golgach, 18. Sohn von Langtry* las er auf der Tafel.

Dann kam *Ladha-Kudh, 19. Sohn von Langtry.* Das war sein Ziel. Die fünfte Platte musste unter der rechten Hand sein. Die Hand der Statue ruhte auf dem Knie, mit der Handfläche nach unten. Paddy schaute hinauf. Sieben Meter. Schnell warf er einen Blick umher. Nichts. Kein Laut. Niemand beobachtete den diebischen Eindringling.

Er stellte die Fußspitze in eine Spalte und zog sich auf das Podest hinauf. Wieder Schritte – Paddy presste sich gegen einen Pfeiler des Sessels. Die Schritte verhallten wieder.

Mit klopfendem Herzen zog Paddy sich seitlich am Sessel empor, bis zu Ladha-Kudhs Schoß. Über ihm erhob sich das ernste Antlitz mit den Telleraugen des Mannes, den er getötet hatte. Paddys überreizte Nerven spielten ihm einen Streich. Er glaubte, die Perlmuttaugen würden anklagend auf ihn herabblicken.

Paddy verzog das Gesicht. »Jetzt wäre der richtige Zeitpunkt für die Todesfee aufzuheulen, falls sie in der Nähe ist. Möge Gott gnädig sein und der Geist dieses Kerls noch dort sein Unwesen treiben, wo er getötet wurde.«

Paddy kroch auf dem rechten Oberschenkel zur Hand hinaus und betastete die Steinfinger. »Na, wie wird das funktionieren?«, dachte Paddy. »Werden sie sich mühelos anheben lassen oder brauche ich eine Ladung jovisches Pulver um die Finger hochzujagen? Als Erstes versuche ich es mit der Brechstange.«

Er löste die Brechstange vom Gürtel, schob sie unter die Hand und hebelte mit aller Kraft. *Peng!* Der Daumenballen brach ab und fiel klirrend aufs Pflaster.

Paddy duckte sich. Er zitterte am ganzen Leib. Kein Laut – er betastete die Abbruchstelle und fühlte den Eingang zu einer Höhlung. Er richtete die Taschenlampe mit der kleinsten Einstellung auf die Stelle. Ja, eine Höhlung. Eilends machte sich Paddy mit der Brechstange zu schaffen.

Da ertönte eine strenge Stimme von unten:

»Was machen Sie da oben? Kommen Sie sofort runter oder ich hole Sie mit meiner Strahlenkanone.«

»Komme sofort!«, rief Paddy. Er griff in die Höhlung und holte eine Metallschachtel heraus, die er schnell in den Beutel steckte.

»Kommen Sie!«, befahl die Stimme. »Bei Kotos Gerechtigkeit! Kommen Sie sofort runter!«

Langsam kroch Paddy wieder auf Ladha-Kudhs Schoß. Erwischt, auf frischer Tat! Wie viele waren es? Er spähte hinunter, sah jedoch nur Dunkelheit. Aber die Wächter konnten ihn zweifellos dank ihrer großen Nachtaugen genau erkennen.

Er ließ sich am Sesselbein ein Stück herabgleiten. Wenn er doch nur sehen könnte! Er schaltete seine Lampe ein und ließ den Lichtstrahl über den Boden gleiten. Drei Kotons – in Uniform, mit schussbereiten Waffen – und sie waren geblendet. Paddy schoss auf sie – einmal, zweimal, dreimal. Sie wälzten sich auf dem Pflaster. Er sprang und landete hart. Dann rannte er so schnell er konnte an den Rand der Ebene von Thish.

Dahinter hielt er einen Moment lang inne und lauschte. Er hörte sein eigenes Keuchen. Die Dunkelheit lastete schwer und bedrohlich auf ihm, aber er wagte nicht, die Taschenlampe zu benutzen. Über sich hörte er Bewegung, abgehackte und wütende Rufe.

Geduckt lief er weiter. Hinter sich hörte er

schrille Pfiffe, dann über dem Kopf ein dumpfes Brummen.

Paddy zog den Kopf ein, lief mit offenem Mund weiter und starrte angestrengt in die Dunkelheit. Oh, wie schön wär's jetzt im Schiff! Fay, Fay halte die Luke offen!

Vor ihm ein dumpfer Aufprall, ein Schwarm dunkler Gestalten. Paddy schoss wahllos, stieß mit den Beinen um sich und benutzte die Fäuste. Dann wurde ihm die Waffe entrissen und die Arme gefesselt.

12

Niemand sprach. Schnell und effizient wickelten sie mehrere Lagen Klebeband um ihn und legten ihn auf den Boden des Luftschiffs. Gleich darauf legte es ab und führte ihn durch den Himmel.

Die Nacht neigte sich dem Ende zu. Das fahle Dämmerlicht, das auf Koto Tag bedeutete, breitete sich um sie wie kühles Wasser aus. Paddy lag zwischen zwei Bänken auf dem Boden. Vier Koton-Wachen betrachteten ihn ruhig mit ausdruckslosen Augen.

Das Schiff landete. Sie trugen ihn über einen Betonboden eine Rampe hinunter, dann über einen Platz. Paddy sah ein hohes spinnenähnliches Gebäude in der Ferne. Das war die Verkehrskontrolle für Montras. Das wusste er. Demnach befand er sich in Montras.

Kotons gingen an ihm vorbei, ohne ihm Aufmerksamkeit zu schenken. Eine kleine Schar Adler aus Alpheratz reckte die Hälse. Die Kotons gingen mit eigenartig knickenden Knien wie Komiker, die spielen, in geheimer Mission unterwegs zu sein. Sie hatten dichtes helles Haar, das wie Kerzenflammen nach oben wuchs. Die Soldaten-Clans trugen das Haar zwei Finger breit über dem Schädel zu einer ebenen Fläche geschnitten. Nur ein Mann auf Koto schor den Kopf kahl – der Sohn von Langtry.

Man trug Paddy über den Platz zu einem großen Gebäude mit kahlen Wänden. Dort stießen weitere Wachen in kurzen schwarzen Uniformen zu ihnen, die unten in halbmondförmige Bogen ausliefen.

Sie schleppten ihn durch eine dunkle Halle, wo es nach Karbolsäure roch, in einen Raum, der abgesehen von einem Tisch und einem niedrigen Stuhl leer war. Sie legten ihn auf den Tisch und verschwanden. Er war sich selbst überlassen. Er schwitzte und zerrte an den Fesseln, doch vergeblich.

Eine halbe Stunde verging. Ein Koton mit den Rangabzeichen eines Beraters des Sohns betrat den Raum. Er trat dich vor Paddy und schaute ihm ins Gesicht.

»Was hast du bei Arma-Geth gewollt?«

»Es war eine Wette, Euer Ehren«, antwortete Paddy. »Ich war auf ein Souvenir aus, um es meinen Freunden zu zeigen. Jetzt tut es mir Leid, dass ich dieses Vergehen begangen habe. Wenn Ihr die Güte hättet, mich loszubinden, bezahle ich die Strafe und verlasse Ihren Planeten sofort.«

»Durchsuche diesen Mann«, befahl der Berater dem Korporal hinter ihm.

Er betrachtete Paddys Ausrüstung, hob die Metallschachtel hoch, musterte Paddy mit schillerndem Feuer in den Augen und verließ den Raum.

Eine Stunde verging. Der Berater kehrte zurück, blieb jedoch mit gesenktem Kopf neben der Tür stehen. »Zhri Khainga«, verkündete er. Die Wachen beugten die Köpfe.

Ein Koton mit glänzendem Kahlschädel trat ein und schritt zu Paddy.

»Du bist Blackthorn, der Meuchelmörder.«

Paddy schwieg.

»Was hast du mit dem anderen Material gemacht?«, fragte der zwanzigste Sohn von Langtry ruhig.

Paddy schluckte den großen Kloß in der Kehle runter. »Mylord, lasst meine Fesseln lösen, dann können wir die ganze Situation besprechen, von Mann zu Mann. Alles hat zwei Seiten, die richtige und die falsche und vielleicht habe ich zu übereilt gehandelt.«

»Was hast du mit dem Rest der Daten gemacht?«, fragte Zhri Khainga ungerührt. »Du kannst es mir ruhig sagen. Es wird weder dir noch deinem Planeten etwas nützen, da wir jetzt einen entscheidenden Teil der Informationen besitzen.«

»Ganz ehrlich gesagt, Euer Ehren, ich hatte nie etwas anderes«, erklärte Paddy listig.

Der Sohn drehte sich um und machte eine Handbewegung. Aus einer Höhlung in der Mauer holten die Wachen eine Maschine, die wie eine schwere Rüstung aussah. Sie packten Paddy und steckten ihn hinein. Einer beugte sich herab und befestigte Klebestreifen an Paddys Lidern, damit sie offen blieben. Dann schloss man den Deckel. Sogleich begann ihm die Haut am gesamten Körper zu prickeln, als winzige Fasern nach den Nervenenden suchten und sich mit diesen verknüpften. Vor seinen zwanghaft offen gehaltenen Augen schimmerte ein Bildschirm in Form einer Halbkugel.

Schemen bewegten sich darauf, kleine Feuer flackerten und verbreiteten einen schwachen Lichtschein. Paddy blickte in einen Raum mit dicken Mauern und einer Kuppel. Auf den Steinplatten des Bodens waren große dunkle Flecken. Drei Meter weiter stand ein Mann – gepfählt! Paddy hörte seine Schreie und sah sein Gesicht.

Die Wachen wandten sich ihm zu und schauten ihn mit großen leeren Augen an. Er sah, wie sie die Arme nach ihm ausstreckten, spürte ihre Hände, die sich wie Schraubstöcke um seine Handgelenke und unter die Knie legten. Es war Realität. Die Tatsache des Bildschirms war seinem Verstand entschwunden.

Sie verstanden sich auf die Kunst, betäubte Gehirne zu stimulieren. Sie hatten die Folter bis zum Letzten vervollkommnet. Durchlittene Schmerzen konnten immer wieder aufs Neue zugefügt werden, ohne dem Körper tatsächlich Schaden zuzufügen. Ein Mensch konnte das gesamte Leben mit diesen Schmerzen verbringen.

Die Folterknechte verstanden ihr Handwerk. Im Nu würden sie herausfinden, wie sie ihm die schrecklichsten Schreie entlocken konnten. Und diese Methode würden sie verfeinern, abstimmen, bis zu einem atemberaubenden Wirbel.

Die Zeit wäre aufgehoben, die Welt nur noch vage und seltsam. Der Nervenanzug wäre die Realität, die Realität ein Traum.

Eine Stimme hämmerte auf Paddy ein. »Was hast du mit den anderen Daten gemacht?«

Es war ein Klang wie aus einer riesigen Messingkehle, aber ohne Bedeutung. Paddy hätte nicht antworten können, selbst wenn er gewollt hätte.

Nach einiger Zeit wurde die Frage nicht mehr gestellt, und dann schien die Folter bedeutungslos geworden zu sein.

Paddy tauchte urplötzlich mit klarem Blick auf. Zhri Khainga blickte ihm ins Gesicht.

»Was hast du mit den restlichen Daten gemacht?«

Paddy leckte die Lippen. Ihn würden sie nicht austricksen. Lieber würde er sterben. Aber das war ja der springende Punkt! Diese Folter ließ einen Menschen nicht sterben. Ein Zwanzigstel einer solchen Behandlung würde jeden Menschen umbringen, wenn man sie normal anwendete! Hier konnten sie ihn so oft zu Tode foltern, wie sie wollten, und ihn frisch und heil zurückholen, mit prickelnden Nerven, bereit für die nächste Sitzung.

»Was hast du mit den anderen Daten gemacht?«

Zhri Khaingas Kopf war dicht vor ihm, seine Augen waren geweitet, der Kopf glich einem Totenschädel. Die Augen wurden klein, dann dehnten sie sich wieder aus. Schwäche, Schwindel, Anschwellen, Abflauen. Paddy hatte Visionen. Gesichter aus der Vergangenheit drängten sich vor ihm.

Da war sein Vater Charley Blackthorn, der ihm fröhlich zuwinkte, und seine Mutter schaute ihn liebevoll aus dem Schaukelstuhl an, der Collie Dan zu ihren Füßen. Paddy seufzte und lächelte. Es war wunderschön, wieder zu Hause zu sein, den Torfrauch einzuatmen, die nach Salz und Fisch duftende Luft am Kai von Skibbereen zu riechen.

Die Visionen tanzten und schwirrten und zogen wie Jahreszeiten vor ihm vorbei. Das Gefängnis auf Akhabats, der Asteroid, die fünf toten Söhne von Langtry. Die Szenen liefen wie ein Film ab, den man zu schnell abspielt. Da, jetzt erkannte er wieder etwas: Pik-Ass. Der Arzt und Fay – Fay, wie er sie beim ersten Mal gesehen hatte, dieser kleine dunkle Kobold. Und so schön – ah, so wunderschön!

Die Anmut ihrer Bewegungen, ihre schönen dunklen Augen, das Feuer in ihrem schlanken Körper – und dann sah er sie in der »Kamborogischen Pfeilspitze« tanzen, ihr wohl geformter Leib so süß wie Sahne. Und er hatte Fay für unattraktiv gehalten!

Er sah sie mit dem goldenen Haar, sah die Blicke aus den Augenwinkeln, mit denen sie ihn in letzter Zeit bedacht hatte. Aber jetzt waren ihre Augen voll Zorn und Mitleid.

»Was hast du mit den anderen Daten gemacht?«

Leider verblassten die Geistererscheinungen. Paddy war wieder in dem kahlen Raum mit dem Koton-Sohn von Langtry, der das Geheimnis des Raumantriebs wissen wollte, das Geheimnis, über das sein Großvater vor zwanzig Generationen durch Zufall gestolpert war.

»Ha, denkst du, Aasfresser, dass ich es dir sagen würde? Niemals im Leben«, erklärte Paddy trotzig.

»Du kannst dich nicht wehren, Blackthorn«, sagte der Sohn freundlich. »Selbst die stärksten Willen brechen. Kein Mensch kann sich auf ewig wehren. Manche halten es eine Stunde aus, manche einen Tag, etliche sogar zwei Tage. Ein Koton-Held blieb zwei Wochen im Nervenanzug und schwieg. Dann aber sprach er. Er flehte uns an, ihn zu töten.«

»Ich nehme an, ihr habt ihm diesen Wunsch erfüllt«, sagte Paddy.

Zhri Khaingas Lippen zitterten kurz. »Wir haben uns an ihm gerächt. O nein. Er lebt immer noch.«

»Und wenn ich spreche – rächt ihr Euch dann auch an mir?«

Zhri Khainga lächelte, ein widerliches Grinsen, bei dem sich Paddys Eingeweide verknoteten. »Außerdem ist da noch deine Frau.«

Paddy war platt, überwältigt. »Ihr habt – Fay gefangen?«

»Aber gewiss.«

»Das glaube ich nicht«, sagte Paddy mit schwacher Stimme.

Zhri Khainga tippte mit seinem glänzenden blaugrauen Fingernagel gegen eine aufrechte Röhre auf dem Tisch. Es klingelte. Ein Koton mit gelben Beinkleidern trat in Paddys Gesichtskreis. »Ja, Lord, ich harre Eurer Befehle.«

»Die kleine Erdfrau.«

Paddy wartete wie ein erschöpfter Schwimmer. Zhri Khainga beobachtete ihn einen Moment lang scharf, dann fragte er: »Du hast mit dieser Frau eine projektive Identifikation?«

Paddy blinzelte. »Was? Was meinst du?«

Zhri Khainga trommelte mit den Fingernägeln auf der Tischplatte. »Angenommen, du hast sie. Würdest du dann zulassen, dass sie leidet?«

»Welche Bedeutung könnte das haben? Du wirst uns doch auf alle Fälle foltern, bis du dieses Vergnügens überdrüssig bist.«

»Nicht unbedingt«, sagte Zhri Khainga mit honigsüßer Stimme. »Wir Kotons sind die direktesten aller Intelligenzen. Ich stehe in deiner Schuld, weil du meinen Vater getötet und mir damit ermöglicht hast, meinen Kopf zu scheren.

Leben und Tod sind mein. Jetzt habe ich die höchste Macht. Ich herrsche, ich gebe Befehle, ich habe die Visionen.

»Zweihundert meiner eifersüchtigen Brüder sind bereits im Grabmal von South Thinkers gestapelt. Falls du mir zur alleinigen Kenntnis des Raumantriebs gegenüber den falschen Söhnen von Shaul, Badau, Alpheratz und Loristan verhilfst, bestünde ein Ungleichgewicht.«

»In deinem Mund schmilzt keine Butter«, sagte Paddy. »Ich verstehe dich nicht. Willst du mit mir feilschen? Worum? Und weshalb?«

»Die Gründe gehen nur mich an. Würde muss stets gewahrt bleiben.«

»Und Eile?«, schlug Paddy vor.

»Eile – du könntest das Gedächtnis verlieren. Das kommt nicht selten vor, wenn ein Mensch zu lange im Nervenanzug bleibt. Die Fantasie dringt in Tatsachen ein, und dann ist jede Information sogleich wertlos.«

Paddy stieß ein wildes Lachen aus. »Ha, du bist in die Ecke gedrängt. Und dein Nervenanzug verschafft dir doch nicht den Honig, den du saugen willst. Na schön, alte Eule, wie lautet dein Vorschlag?«

Zhri Khainga starrte ausdruckslos durch den Raum. »Es besteht durchaus die Möglichkeit, dass du mit der Frau in deinem Raumschiff zur Erde zurückkehrst. Mich dürstet nicht nach eurem Tod.«

Zhri Khainga machte eine ungeduldige Handbewegung. »Null und nichtig. Reichtum, Geld? So viel, wie du willst.« Wieder winkte er ab. »Null und nichtig. Jede Summe, ich werde nicht Nein sagen. Das ist die eine Möglichkeit, die andere –«

Ein Laut unterbrach ihn. Paddy wandte schnell den Kopf. Das Geräusch kam aus einem Nervenanzug, den Wachen still in den Raum gerollt hatten. Es war ein Schrei der Verzweiflung, der Schmerzen, der Verlorenheit.

»Das ist deine Frau«, erklärte der Sohn von Langtry. »Ihre Lage ist höchst ungemütlich. Das ist die Alternative – für euch beide. Und für immer, für den gesamten Rest eures Lebens.«

Paddy wollte sich aufsetzen, aber eine seltsame Schwäche überfiel ihn. Es war, als hätten seine Beine statt der Muskeln nur Bindfäden. Zhri Khainga beobachtete ihn aufmerksam.

»Hör auf, du Teufel«, schrie Paddy. »Hör sofort auf!«

Zhri Khainga gab mit der Hand ein Zeichen. Der Koton mit den gelben Beinkleidern legte einen Hebel um. Ein Seufzer drang heraus.

»Lass mich mit ihr reden«, bat Paddy. »Lass mich allein mit ihr sprechen.«

»Nun gut«, sagte Zhri Khainga langsam. »Ihr könnt euch unterhalten.«

13

»Fay, Fay, Fay!«, rief Paddy. «Warum hast du diese beschissene Welt nicht verlassen, solange du noch die Chance hattest?«

Sie lächelte schwach. »Paddy, ich konnte dich nicht verlassen. Ich wusste, dass ich es hätte tun sollen. Ich wusste, dass mein Leben für Erde wichtiger war als für dich. Ich rief mir alles in Gedächtnis, was die Agentur mir eingebläut hatte – aber ich konnte nicht abfliegen, ohne zu versuchen dir zu helfen. Und dann haben sie das Schiff geentert.«

Sie standen in einer großen Betonhalle, knapp hundert Meter lang, mit hoher Decke und durch ein Licht erhellt, das gleichzeitig blau und gelb zu sein schien, wie starker Mondschein.

Paddy schaute in alle Richtungen. »Können sie uns jetzt hören?«

»Ich gehe davon aus, dass jeder Laut, den wir von uns geben, verstärkt und aufgezeichnet wird«, sagte Fay mutlos.

Paddy trat dicht neben sie. »Sie wollen mit uns um unser Leben feilschen«, flüsterte er ihr ins Ohr.

Mit großen Augen, in denen er Entsetzen las, schaute Fay ihn an. »Paddy – ich will *leben!*«

»Ich will auch, dass du lebst, Fay – und ich mit dir«, stieß er durch die Zähne hervor.

»Paddy, ich habe alles genau überlegt«, sagte sie verzweifelt. »Ich sehe nicht, was wir gewinnen, wenn wir den Mund halten. Die Kotons werden den Raumantrieb bekommen – aber was wird dann?

Erde kann ihn auf keinen Fall bekommen, da wir nur vier Fünftel haben. Und die vier Fünftel« – sie flüsterte so leise in sein Ohr, dass er sie kaum verstehen konnte – »kann ich aus dem Gedächtnis diktieren.«

»Aus dem –« Paddy rang nach Luft.

»Ja, ich habe dir doch gesagt, dass ich dazu ausgebildet wurde.«

»Hmmm.«

»Wenn wir in der Lage wären zu schweigen, würde niemand den Raumantrieb haben. In zehn Jahren würde es keine Sternreisen mehr geben. Wenn wir aber andererseits sagen, was wir wissen – und wir zurück zur Erde gelangen können –, wird Erde so viel haben, wie wir jetzt haben.«

»Was so viel wie nichts ist«, erklärte Paddy verbittert. »Von den dreißig Zahlen kennst du nur vierundzwanzig. Vierundzwanzig Skaleneinstellungen.«

Er machte eine Pause. Aus einer Vergangenheit, die so weit entfernt wie das Alte Ägypten war, stieg ein Bild vor ihm auf. Es war das Innere des Kontrollzentrums auf Akhabats, wo die fünf Söhne Energie in die Tungstenzylinder pressen konnten. Fünf Konsolen, jede mit fünf Skalen.

»Fay, ich bin zu blöd und verdiene nicht zu leben«, sagte er.

Verblüfft schaute sie ihn an. »Was ist los?«

»Ich sehe jetzt alles vor mir, klar und deutlich«, antwortete Paddy langsam. »Wir waren abgrundtief blöd. Ich noch mehr als du. Erinnerst du dich an die Platten, an die Verdoppelungen?«

»Oh, Paddy!«

»Als ich in diese Zentrale auf Akhabats eingebrochen bin, sah ich eine Maschine, mit der man Energie kräuseln und zusammenpressen kann. Es gab fünfzehn Kontrollknöpfe. Auf den Datenplatten stehen jeweils sechs Angaben – macht insgesamt dreißig. Sagt dir das was?«

Sie nickte. »Die Zahlen sind auch doppelt aufgezeichnet. Paddy – wir hatten alles!«

»Ja, *alles!*«, sagte Paddy. »Wir brauchten nicht näher an Koto als an das Kreuz des Südens.«

Fay stöhnte.

»Wir müssen von hier weg«, sagte Paddy mit großem Nachdruck. »Irgendwie. Weil du in deinem kleinen Köpfchen den Raumantrieb hast.«

Traurig schüttelte Fay den Kopf. »Sie werden uns nicht gehen lassen, Paddy. Selbst wenn wir alles sagen, werden sie uns töten, das weißt du doch genau.«

»Nicht bis wir die Sicherungen in ihren sämtlichen Nervenanzügen durchbrennen lassen.«

»Oh Paddy! Wir müssen nachdenken – *denken!*«

Sie dachten nach.

»Dieser Zhri Khainga ist ganz heiß auf uns«, sagte Paddy schließlich. »Er steht schwer unter Druck. Aber weshalb? Vielleicht hat sich die

Nachricht auf den anderen Planeten verbreitet, dass er uns gefangen hat, und jetzt sind sämtliche Agenten der Geheimdienste fieberhaft im Einsatz, und er will das Risiko nicht eingehen, dass wir den Mund halten, bis die anderen uns zu sehen bekommen.«

Schweigen. »Denken«, murmelte Fay.

»Hör zu«, sagte Paddy. »Wir sagen ihnen, dass du die Platten holen wirst und ich als Geisel hier bleibe. Dann fliegst du zur Erde, und wir teilen der Öffentlichkeit mit, dass wir alles wissen, was man über den Raumantrieb wissen muss. Dann kaufst du mich für zwanzig Triebwerke frei – oder mehr oder weniger.«

»Und zum jetzigen Zeitpunkt wären das zwanzig Millionen Mark«, sagte Fay. »Bist du so viel wert?«

»Das ist das Beste, was mir einfällt« erklärte Paddy. »Es gibt keine andere Möglichkeit, uns beide lebend von hier wegzubringen und den Antrieb zur Erde zu schaffen.«

»Zhri Khainga wird es nicht gefallen«, sagte Fay. »Er will, dass wir ihm trauen. Und erst, wenn er die Platten hat, wird er uns freilassen.«

»Ich frage mich –«, meinte Paddy.

»Was?«

»Könnte es sein, dass er zustimmt, dass wir alle drei hinfliegen? Wir bringen ihn nach Du-weißt-schon-wo allein – und dann machen wir einen Tausch.«

»Das wäre fair«, stieß Fay atemlos hervor. »Und er würde die schnelle Abwicklung bekommen, die er anscheinend haben will. Fragen wir ihn!«

Paddy und Fay schritten misstrauisch an den aufgereihten Besatzungsmitgliedern vorbei. Sie waren sich der Blicke aus den austernfarbenen Augen durchaus bewusst. Dann betraten sie die vertraute Kabine des Schiffs, das sie so weit geführt hatte.

Zhri Khainga folgte ihnen, die Luke wurde geschlossen, sie legten vom Mutterschiff ab. Paddy und Fay standen steif und stumm vor den Instrumenten. Zhri Khainga setzte sich weiter hinten in der Kabine hin und lehnte sich genüsslich zurück.

»Nun gut. Ich habe sämtliche Forderungen von euch genauestens erfüllt«, sagte er. »Ihr seid hier in eurem Raumschiff, und wir sind allein. Ihr bringt mich zum Versteck der Daten, dann werde ich mein eigenes Schiff rufen. Ihr könnt mich dort lassen und in Freundschaft abfliegen. Ich habe meinen Teil erfüllt, jetzt ist es an euch, euren Beitrag zu leisten.«

Paddy schaute Fay an und rieb sich nervös die Nase. »Um ganz ehrlich zu sein – wir würden gern das Schiff untersuchen. Einige Ihrer Männer könnten – selbstverständlich aus Versehen – in der Bilge schlafen oder in den vorderen Kabinen den Proviant überprüfen.«

Zhri Khainga nickte. »Nur zu, überzeuge dich selbst.« Er blickte Fay an. »Vielleicht könntest du euer Schiff auf den richtigen Kurs bringen.«

Wortlos kletterte Fay auf den Sitz und schaltete den Raumantrieb ein. Gleich darauf war das Schiff, das sie vom Koto hergebracht hatte, nur noch ein glänzender Punkt weit achtern.

Paddy kam zurück. »Nichts«, meinte er mürrisch. »Kein Schwanz zu sehen.«

Zhri Khainga nickte und grinste zynisch. »Macht es euch Sorgen, dass ich mich an die Bedingungen des Abkommens halte?«

Paddy murmelte etwas Unverständliches. Fay starrte stumm durchs Bullauge ins All. Unvermittelt schaltete sie den Raumantrieb aus. Das Schiff schwankte und flog wieder mit Normalgeschwindigkeit weiter.

»Schau draußen nach, vor allem beim Rumpf«, sagte sie zu Paddy.

»Das ist es«, sagte er und schlüpfte in den Raumanzug. Er zog den Reißverschluss zu, setzte den Helm auf. Zhri Khainga schaute wortlos zu.

Paddy verschwand durch die Luke und Fay wartete vor den Armaturen, wobei sie insgeheim den Kotonen im Auge behielt und versuchte das Gedankengespinst der Pläne unter dem glatt rasierten Schädel zu ergründen.

»Ich denke an große Taten«, sagte Zhri

Khainga. »Unvorstellbarer Reichtum wird mir gehören. Ich werde einen Quadranten des Planeten dazu verwenden, die Ebene von Arma-Geth zu vergrößern.

Berge werden eingeebnet, die Ebene mit schwarzem Glas bedeckt. Die Statuen sollen in Pracht residieren und ich mit meiner ganzen Größe unter ihnen. Ich werde tausendfach vergrößert werden. Für alle Ewigkeit werde ich alles überragen – ich werde Dreh– und Angelpunkt der Geschichte sein.«

Fay drehte sich um und blickte durchs Bullauge. Wo war Sol? Dieser schwache Stern da? Möglicherweise.

Paddy kam zurück ins Schiff. Eine Gestalt folgte ihm. Fay erkannte im Helm den Kopf mit den Telleraugen – ein Kotone.

»Den habe ich gefunden, am Rumpf angeschnallt. Nennen Sie das, ein Abkommen halten?«

Zhri Khainga setzte sich auf. »Still, kleiner Wicht! Wer bist du, dass du es wagst, dich meinen Wünschen zu widersetzen? Du solltest dein Glück preisen, dass du frei übergeben kannst, was wir deinen Lippen auch unter Zwang hätten entreißen können.« Er lehnte sich wieder zurück. »Aber jetzt kann man die Situation nicht mehr ändern.«

Der Koton, der hinter Paddy das Schiff betreten hatte, hatte sich nicht von der Stelle gerührt. Zhri Khainga machte eine abwehrende Geste.

»Hinaus! Flieg durchs All. Du wirst nicht mehr gebraucht.«

Der Kotone zögerte, schaute Fay an, dann wieder den Sohn von Langtry. Langsam drehte er sich um und öffnete die Luke. Sie sahen, wie er sich vom Schiff abstieß und allein und hoffnungslos hinaus in den Weltraum flog.

»Seid ihr nun zufrieden?«, fragte Zhri Khainga. »Wir sind allein. Jetzt schnell zum Versteck. Im Universum warten wichtige Dinge auf mich, auf deren Erledigung ich mich freue. Beachtet, dass ich eine Waffe in der Hand halte und stets die Augen offen halte.«

Paddy ging langsam zu Fay ins Kontrolldeck. »Los, Fay, nimm Kurs.«

Links in der Ferne glänzte der kalte Delta Trianguli. Der dunkle schwarze Planet wölbte sich unter ihnen. Zhri Khainga stand am Bullauge. »Delta Trianguli Zwei, richtig?«, sagte er.

»Richtig«, antwortete Paddy.

»Und wohin nun?«

»Das werden Sie schon noch sehen.«

Zhri Khainga setzte sich wortlos wieder hin.

Paddy ging zum Funk und schickte einen Ruf auf der Frequenz aus, die sie in den Helmen ihrer Raumanzügen verwendeten. »Hallo, hallo.«

Sie lauschten. Aus dem Empfänger ertönte leise: »Hallo, hallo.«

Zhri Khainga rutschte unruhig hin und her. »Sind da noch andere?«

»Nein«, antwortete Paddy. »Nur wir. Hast du den Punkt, Fay?«

»Ja.«

Unter ihnen lag das tote Antlitz des Planeten: Ebenen so glatt und stumpf wie schwarzer Samt, dazwischen die Kegelberge, die wie riesige Maulwurfhügel aussahen. Direkt vor ihnen erhob sich eine hohe Bergspitze.

»Da ist der Wütende Drache«, sagte Fay.

Sie landete das Schiff auf dem schwarzen Sandboden. Das Summen der Generatoren verstummte. Im Schiff herrschte Schweigen.

»Jetzt hören Sie genau zu«, sagte Paddy zu dem immer noch stumm dasitzenden Sohn von Langtry. »Keine Tricks, denn Sie können damit nichts gewinnen. Sie können uns das Leben nehmen, aber Sie würden nie die vier Platten in die Hände bekommen.«

Der Koton schaute ihn an, ohne mit der Wimper zu zucken.

»Ich gehe hinaus und hole die Platten«, fuhr Paddy fort. »Sie sind gut versteckt. Sie würden sie nie finden.«

»Nächste Woche kann ich hunderttausend Sklaven hier haben«, erklärte der Koton seelenruhig.

Paddy ignorierte ihn. »Ich hole die Platten und lege sie auf den schwarzen Felsen dort drüben. Fay wird im Schiff bleiben. Sobald ich die Platten hingelegt habe, rufen Sie Ihr Schiff und erklären, wohin Ihre Leute kommen sollen, um Sie abzuholen.

Dann ziehen Sie Ihren Raumanzug an und kommen auf mich zu. Ich überlasse Ihnen die Platten und gehe zurück zum Schiff. Wenn wir auf gleicher Höhe sind, legen Sie die Waffe weg und gehen weiter. Ich gehe zum Schiff. In ein oder zwei Tagen wird Ihr Schiff hier sein und Sie heimfliegen. Sind Sie damit einverstanden?«

»Ihr gebt mir wenig Spielraum, um euch auszutricksen«, sagte Zhri Khainga. »Du bist sehr kräftig. Was hält dich davon ab, mich anzugreifen sobald ich die Waffe weglege?«

Paddy lachte. »Diese kleine Giftspritze, die Sie am Arm tragen. Davor habe ich Angst. Was hält Sie ab, mich damit anzugreifen?«

»Die Tatsache, dass du viel schneller läufst als ich und daher eher bei deinem Schiff bist. Aber woher weiß ich, dass du mir keine Platten mit falschen Daten unterschiebst?«

»Sie haben ein Fernglas«, sagte Paddy. »Ich halte die Platten hoch. Dann können Sie sie anschauen und auch sehen, dass ich diese Platten auf den schwarzen Felsen lege. Sie sind unverwechselbar – und mit dem Fernglas können Sie den gesamten Text klar und deutlich lesen.«

»Nun gut, dann erkläre ich mich mit euren Bedingungen einverstanden.«

Paddy zog den Raumanzug an. Ehe er den Helm aufsetzte, wandte er sich nochmals an den Sohn von Langtry. »Das ist mein letztes Wort. Auf keinen Fall irgendeinen schmutzigen Trick, um uns zu überlisten.

Ich weiß, dass ihr Kotons Teufel seid, wenn es um Rache oder Folter geht, und dass ihr nichts mehr liebt als hinterlistigen Verrat – ich warne Sie, passen Sie auf, sonst steht es übel um Sie und Ihre hochfliegenden Pläne.«

»Was genau willst du damit sagen?«, fragte der Koton.

»Das ist jetzt unwichtig. Ich gehe«, sagte Paddy.

Er verließ das Schiff. Fay und der Sohn von Langtry konnten ihn von der Aussichtskuppel aus sehen, wie er über den schwarzen Sand zu der Felsspitze marschierte. Dann verschwand er zwischen den Felsbrocken an der Basis.

Minuten vergingen. Schließlich tauchte er wieder auf, und Fay sah die schimmernden goldenen Platten.

Paddy blieb bei dem schwarzen Felsen stehen und hielt die Platten hoch, sodass man sie vom Raumschiff aus sehen konnte. Zhri Khainga griff zum Fernglas, hielt die trichterförmigen Okulare vor die Augen und blickte aufgeregt hindurch.

Dann ließ er das Fernglas sinken.

»Zufrieden?«, fragte Fay patzig.

»Ja, ich bin zufrieden.«

»Dann rufen Sie jetzt Ihr Schiff.«

Langsam ging Zhri Khainga zum Raumwellensender, schaltete ihn ein und sprach einige

Sätze in einer Sprache hinein, die Fay nicht verstehen konnte.

»So, machen Sie Schluss«, sagte Fay mit einer Stimme, die sie selbst kaum wieder erkannte. »Sie halten Ihren Teil des Abkommens ein, wir unseren.«

»Vieles bleibt ungesagt«, erklärte der Koton. »Eure Unverschämtheiten und verabscheuungswürdigen Frechheiten.«

Fay war über ihre Reaktion selbst völlig verblüfft. Unvermittelt sprang sie Zhri Khainga an und entriss ihm die Waffe. Mit dieser in den zitternden Fingern machte sie einen Satz nach hinten. Zhri Khainga sperrte vor Überraschung den Mund auf. Doch dann beugte er sich vor und streckte den Arm aus. Mit Gift gefüllte Bällchen an elastischen Bändern sausten fingerbreit an Fays Gesicht vorbei.

»*Raus!*«, schrie sie. »Raus, *sofort!* Oder ich bringe dich um – und mit Freuden!«

14 Zhri Khaingas Gesicht war seltsam lavendelfarben angelaufen, als er den Raumanzug anlegte. Durch die eigene Waffe bedroht, verließ er das Raumschiff.

Paddy wartete auf ihn. Jetzt trat er einen Schritt vor. Der Kotone rannte eigenartig hüpfend auf ihn zu.

Auf halber Strecke traf Paddy ihn. Er blieb stehen, weil er erwartete, dass Zhri Khaingas, die Waffe weglegte, doch dieser lief blindlings an ihm vorbei, weiter zu den goldenen Platten. Paddy zögerte – da er jedoch keine Waffe am Gürtel des Koton sah, rannte er zum Schiff.

Fay ließ ihn ein. Paddy nahm den Helm ab und blickte in Fays kalkweißes angespanntes Gesicht. »Was ist los, Fay?«

»Keine Energie.«

Paddys Schultern sackten herab, seine Finger blieben am Reißverschluss des Raumanzugs hängen. »Keine Energie?«

»Wir sitzen auf dem Trockenen«, sagte sie. »Und das Schiff von Koto wird in wenigen Tagen hier sein – vielleicht schon früher.« Sie ging aufs Deck und schaute durch die Aussichtskuppel zum Wütenden Drachen hinüber. »Und Zhri Khainga wartet seelenruhig ab.«

»He, wir könnten über den schwarzen Sand fortgehen und vorher unseren letzten Atem aushauchen.« Er trat neben sie. »Bist du ganz sicher, dass wir keine Energie haben? Ich habe mich auch schon mal geirrt.« Er betätigte mehrere Schalter. Nichts rührte sich.

Paddy kaute auf der Unterlippe. »Dieser Schurke hat irgendein Relais in den Antrieb geschleust, das die Energie gleich nach der Landung ausschaltet. Verdammt, der Schuft lacht sich jetzt bestimmt ins Fäustchen!«

»Er hat die Platten«, sagte Fay. »Er kann sich vor uns verstecken, bis sein Schiff eintrifft. Wahrscheinlich würden wir ihn nie finden.«

»Wir sind wie Ratten auf einem sinkenden Schiff. Versuchs mit dem Raumfunk, Fay. Setze einen Notruf ab!«

Sie schaltete das Gerät ein. »Nichts. Tot.«

Paddy schüttelte sich. »Bitte, verwende dieses Wort nicht so locker.« Erregt lief er auf und ab, zwei Schritte nach Steuerbord, zwei Schritte nach Backbord und vier Schritte in die Kabinenmitte. »Versuche jetzt mal Anti-Schwerkraft. Das ist ein eigenes Aggregat, und es gibt keine Verbindung.«

Fay drückte auf den Metallknopf. Die Schwerkraft verflog.

»So, jetzt können wir zumindest den Planeten verlassen«, sagte Paddy. »Die Oberfläche wird unter uns wegrotieren.«

»Zhri Khainga wird sehen, wenn wir wegfliegen«, sagte Fay. »Er weiß dann, was wir machen und findet uns so leicht, als würden wir auf allen Vieren durch den Schnee kriechen.«

Paddy griff nach einem Pfosten und drückte

ihn. »Wenn das sein Hals wäre«, stieß er zwischen zusammengebissenen Zähnen hervor. »Ich würde ihm ins Gesicht lachen, wenn er verzweifelt mit den Beinen strampelt.«

Fay lachte gequält. »Jetzt ist nicht die Zeit für Tagträume, lieber Paddy.« Sie schaute durchs Bullauge. »Wir sind schon fast einen halben Meter über dem Boden.«

Paddy verengte nachdenklich die Augen. »Ich weiß, wie man einen Stoß aus ihren Röhren herauslockt. Es kostet uns eine Million Mark und ein paar üble blaue Flecken, da es bei der Beschleunigung keine Gegenschwerkraft gibt – aber wir müssen es versuchen.«

»Was, Paddy?«

»Wir haben in diesem kleinen Schiff vier Antriebsröhren. In jede ist eine Menge schlafender Energie gepackt. Wenn wir jetzt diese Energie hinten rauslassen, werden wir nach vorn getrieben. Selbstverständlich ruinieren wir die Röhren mit diesem Manöver.«

»Und du weißt wirklich, was du tust, Paddy?«, fragte Fay mit Zweifel in der Stimme.

»Ich werde einfach ein Ende der Röhre abschießen, das dürfte wie ein Loch in einem Feuerwehrschlauch sein.« Er schaute durchs Bullauge hinaus. »Jetzt sind wir knapp zwei Meter über dem Boden – da schau! Da ist der Koton! Siehst du ihn? Er sitzt seelenruhig und majestätisch da. Ich habe den Einruck, er lacht uns aus. Los, gib mir die Waffe. Ich werde ihn zu einem guten Christen machen – und gleichzeitig auf unsere Röhre schießen.«

Er setzte den Helm wieder auf, trat in die Schleuse und öffnete die Außenluke. Zhri Khainga ging hinter einem Felsen in Deckung, sodass Paddy nicht auf ihn schießen konnte. Er drehte sich um, zielte auf die untere Röhre, biss die Zähne zusammen, empfahl sich seinem Namenspatron und drückte auf den Abzug.

Die Röhre platzte. Sogleich zischte eine blaue Spiralflamme heraus und prallte auf den Boden. Das Schiff machte einen Satz und hob sich ein wenig.

Fay rannte entsetzt zum Bullauge. »*Paddy!*« Ihr blieb fast das Herz stehen.

Paddy lag bewusstlos zusammengekrümmt da. Der Helm hatte einen Sprung. Luft zischte heraus. Das war deutlich sichtbar. Es war als würde sich Wasser zu Nebel verdichten. Blut rann aus seiner Nase über das Gesicht.

»*Paddy!*«, schrie Fay. Sie hatte das Gefühl, ihre Seele löste sich auf. Sie konnte die Luke nicht schließen, da Paddys Bein heraushing. Es war seltsam verdreht. Sie konnte die innere Luke nicht öffnen, denn dann wäre die Luft im Schiff entwichen.

Sie barg das Gesicht in den Händen und wimmerte. Dann riss sie sich zusammen und lief zu den Raumanzügen. Ein Bein – beide Beine – Reiß-

verschluss rauf – Helm, zweimal einschnappen. Sie rannte zur Schleuse und stemmte sie auf. Der Luftstrom riss sie beinahe hinaus ins All.

Sie packte Paddys Arm und zog seinen schwerelosen Körper gegen den Luftstrom herein.

»Paddy«, flüsterte sie. »Bist du tot?«

In der Kabine war Luft, warme saubere Luft. Paddy lag auf seiner Koje, ein Bein in der Schiene, um den Kopf einen Verband. Fay saß neben ihm und tupfte den Blutfaden ab, der aus seiner Nase floss.

Paddy seufzte im Delirium. Dann schüttelte ihn wieder ein Krampf. Fay gab ihm die dritte Spritze mit Vivest-101 und redete so sanft auf ihn ein, wie eine Sommerbrise durchs Gras streift.

Plötzlich verkrampfte sich Paddy, seufzte und entspannte sich wieder. Fay beugte sich über ihn. »Paddy?« Er atmete ruhig und fiel in einen tiefen Schlaf.

Fay stand auf und ging zum Bullauge. Delta Trianguli war nur noch eine kleine helle Kugel achtern, ein unauffälliger Planet inmitten hellerer Sterne.

Drei Tage vergingen. Kein Schiff von Koto hatte die Verfolgung aufgenommen. Vielleicht waren sie in Sicherheit. Vielleicht zog Zhri Khainga das Träumen über den goldenen Platten seiner Rache vor.

Am vierten Tag erwachte Paddy. »Fay«, murmelte er.

»Ja, Paddy, Liebes?«

»Wo sind wir?«

»In Sicherheit, Paddy, hoffe ich zumindest.«

»Immer noch keine Energie?«

»Noch nicht. Aber ich habe herausgefunden, was geschehen ist. Und sobald es dir besser geht, können wir es reparieren. Ich habe versucht es auseinander zu ziehen, eine Stromschiene hatte einen Kurzschluss und hat eine grauenhafte Sauerei angerichtet.«

Paddy lag einen Moment lang ganz still. In seinem Gesicht zuckte es, dann verzog er die Lippen zu einem gequälten Lächeln. »Was auch immer geschieht«, sagte er wie in einem Selbstgespräch. »Der Sohn hat es sich und seinen Leuten selbst angetan. Es war sein Verrat, seine Schuld, nicht meine ...«

Fay beugte sich besorgt über ihn. »Was meinst du, Paddy?«

»Ich wollte es ihm die ganze Zeit sagen«, stammelte Paddy heraus. »Ich wollte kein Mörder sein, ehe er die Platten benutzt.«

»Was hast du getan?«

Paddy seufzte und wandte den Kopf beiseite. »In einem Komma ruht eine riesige Vernichtung, Fay – in einem kleinen Komma.«

Fay blickte ihm ins Gesicht. Fantasierte er? Schlief er? Nein.

»Paddy, was redest du?«

»Fay, seit ich zum ersten Mal vom Raumantrieb gehört habe, war ich davon fasziniert. Und er hat mir den Tod gebracht – zweimal, dreimal, viermal, ein Dutzend Male. Ein Mal war auf Akhabats, wo ich in meiner Unwissenheit dachte, ich könnte einen Tunnel ins Kontrollzentrum buddeln und sie dutzendweise einsacken.

Ich musste leider feststellen, dass es nicht so locker ging, sondern eine komplizierte Sache war. Energie fließt von einem Ende in die Röhre. Es gibt fünfzehn Spiralen, und sie pressen und schlagen sie wie mit einem Vorschlaghammer.

Die riesige Energie wehrt sich verbissen, aber wenn die Stärke genau richtig ist, ringelt sie sich und wird zu der winzigen eingeschlossenen Antriebsspirale. Wenn aber eine Spirale abgeschaltet ist, dann ist da eine Schwachstelle, dann gerät die Energie außer Kontrolle und reißt die Welt auseinander.

Als ich auf Akhabats daran gefummelt habe, war lediglich das bisschen statische Energie in der Leitung, aber selbst diese geringe Menge hat den Laden fast ganz in die Luft gejagt.«

»Und?«, fragte Fay atemlos.

»Und – wenn Zhri Khaingra, der Koton, auf den Knopf drückt, geht alles zur Hölle.«

»Aber, Paddy, warum?«, flüsterte Fay. »Wir haben diese Platten doch von den toten Söhnen geholt.«

»Da gibt es zwei winzige Dezimalkommas. Die machen den Unterschied, Fay. Zwei lächerliche Kommas. Auf der Platte von Badau und Loristan, die verdoppelten Zahlen. Ich hatte gerade Zeit dafür. Zwei winzige Zeichen.«

Fay richtete sich aus der gebückten Stellung auf und blickte beiseite.

»Das sollte unser Ass sein«, sagte Paddy. »Klar, ich hätte es ihm über Funk mitteilen sollen, sobald wir weg waren, weil ich nicht Mittäter bei diesem Töten sein wollte, Fay. Aber was auch immer jetzt geschieht, ist allein seine Verantwortung, weil er die Verbindung zwischen uns gekappt hat. Sein Pech.«

»Es ist der neunte Tag, Paddy«, sagte Fay.

»Hmm. Zwei Tage, dann holt das Schiff ihn ab. Vier Tage zurück nach Montras, drei Tage. Wir sollten Nachrichten hören.«

Er schaltete den Empfänger ein, der nur von der schwachen Taschenlampenbatterie betrieben wurde.

Ein Shaul sprach. Sie lauschten angespannt.

»Achtung – ein Wort von Zhri Khainga, dem Langtrysohn von Koton. Paddy Blackthorn, der Meuchelmörder und überführte Verbrecher, wurde auf einem toten Planeten von einem Koton-Patrouillenschiff getötet. Weitere Details sind nicht bekannt. Damit ist die größte

Menschenjagd in der Geschichte des Weltraums beendet, und der interstellare Verkehr läuft wieder normal.«

»Das ist alles?«, meinte Paddy, beinahe enttäuscht. »Nur, dass ich tot bin? Klar, wenn ich tatsächlich tot wäre, würde mir die Nachricht nichts mehr bedeuten. Dann hätte ich es als Erster erfahren. Aber keine Explosionen, keine Katastrophen? Ist Zhri Khainga so vorsichtig, dass er den Daten seines Vaters und seiner bösen Onkel nicht traut? Aber warum zaudert er?«

»Sei still, Paddy, mein Lieber«, sagte Fay. »Du regst dich bloß unnötig auf. Gehen wir lieber wieder an die Arbeit. Noch einen Tag, dann sind die Reparaturen beendet, und wir können eine Warnmeldung rausschicken.«

»Aber die Ungewissheit bringt mich um«, erklärte Paddy. »Warum lässt er den zweiten Schuh nicht auch fallen?«

Gleich darauf sprang Paddy auf. »Die Nachrichten, Fay. Zeit für die Nachrichten«, rief er aufgeregt.

Fay wischte sich mit der von Schmieröl bedeckten Hand übers Gesicht. »Wenn du noch zehn Minuten wartest, sind wir fertig. Nur noch eine Klemme schweißen, dann können wir die Nachrichten mit der Energie vom Schiff hören.«

Paddy humpelte zum Empfänger. Dann ertönte das leise Pfeifen der Raumwellen in der Kabine.

Gong, gong, gong. Die dumpfen Schläge verhießen nichts Gutes.

Wie benommen, aber zugleich auch fasziniert, hörten Paddy und Fay die Stimme des Nachrichtensprechers. »… riesiger Krater … Millionen Tote … für den toten Sohn vom Langtry, Zhri Khainga …«

Fay schaltete das Gerät aus. »So, das wär's. Jetzt musst du dir keine Sorgen mehr machen. Es ist vollbracht. Das ist das Ende für Zhri Khainga und seine Nervenanzüge.«

»Das wollte ich eigentlich nicht«, sagte Paddy leise.

Fay ging zu ihm und nahm sein Gesicht in ihre kleinen Hände. »Hör zu, Paddy Blackthorn, ich kann deine Trauermiene nicht mehr aushalten! Hilf mir den Schalter einzusetzen. Dann fliegen wir nach Hause – zur Erde.«

Paddy seufzte, stand auf und nahm Fay in die Arme. »Das wird herrlich, Fay.«

»Als Erstes müssen wir die Informationen über den Raumantrieb loswerden, dann –«

»– dann werden wir heiraten«, unterbrach sie Paddy. »Wir kaufen das gesamte Cork County auf. Wir bauen ein Haus, das eine Meile lang und so hoch ist, wie wir wollen. Und Champagner fließt aus jedem Wasserkran«, sagte er mit wachsender Begeisterung. »Wir werden die feinsten Pferde züchten, die man je in Dublin auf der Rennbahn gesehen hat, und die Lords des Universums werden vor uns ihren Hut ziehen.«

»Wir werden faul und fett, Paddy.«

»Blödsinn! Einmal im Jahr klettern wir in unser Raumschiff und statten den Orten, wo wir Abenteuer bestanden haben, einen Besuch ab – um der alten Zeiten willen. Akhabats, Pik-Ass, die Langtry-Planeten – und dann werden sich alle überschlagen und um die Ehre kämpfen, unser Gepäck tragen zu dürfen.«

»Und vergiss den Wütenden Drachen nicht, Paddy«, sagte Fay. »Wir könnten dort hinfliegen und ganz allein sein. Aber jetzt –«

»Was, jetzt?«

Eine Minute danach trat Fay atemlos einen Schritt zurück. »Zuerst den Schalter! So, und jetzt mach dich an die Arbeit, Paddy Blackthorn! Nur noch zehn Minuten, dann sind wir auf dem Weg zur Erde, nach Hause.«

ENDE